黄河词集

黄　河　著

上海大学出版社
·上海·

图书在版编目(CIP)数据

黄河词集/黄河著.—上海：上海大学出版社，2018.8

ISBN 978-7-5671-3223-8

Ⅰ.①黄… Ⅱ.①黄… Ⅲ.①词(文学)-作品集-中国-当代 Ⅳ.①I227.8

中国版本图书馆 CIP 数据核字(2018)第 190221 号

责任编辑 徐雁华
封面设计 柯国富
插页设计 饶国安
技术编辑 金 鑫 章 斐

黄 河 词 集

黄 河 著

上海大学出版社出版发行
(上海市上大路 99 号 邮政编码 200444)
(http://www.press.shu.edu.cn 发行热线 021-66135112)
出版人 戴骏豪

*

南京展望文化发展有限公司排版
江苏凤凰数码印务有限公司印刷 各地新华书店经销
开本 890mm×1240mm 1/32 印张 14 字数 338 千
2018 年 8 月第 1 版 2018 年 8 月第 1 次印刷
ISBN 978-7-5671-3223-8/I·506 定价 46.00 元

序

一

什么是词？清代词人张惠言在其《词选》序里说：“词者，盖出于唐之诗人，采乐府之音以制新律，因系其词，故曰‘词’。”词是中国古代诗歌的一种，经历代词人的精心雕琢，创作出了大量温润、磊落、晶莹、绚丽的词作，在中华文明的历史长卷中，诗词是最为灿烂的华章，是中国文学史上的高峰。

词最初称“曲子词”，是在隋唐以来燕乐基础上创作而成的歌词。它最初主要流行于民间，从《诗经》《楚辞》以及汉魏六朝诗歌里吸取营养。大约到中唐，才引入文坛，逐步发展成为曲与词分离的一种新的文体。唐末五代开始流行，至宋代进入全盛时期。

词的发展在相当长的时间内，被文人所轻视。它只是诗的一种附庸，被称为“诗余”“小道”，为士大夫、文人雅士宴会上娱乐逍遥的一种文体。其作品主题，主要是“宫体”与“娼风”的混合，涉及的是男欢女爱的“艳情”“艳事”。

五代末期，形成了首个词派“西蜀词派”，也称“花间派”（因后蜀赵崇祚编《花间集》而得名）。晚唐的温庭筠，被认为是花间词的奠基人。他对词的贡献，是将词升格到了与诗分庭抗礼的地位。在花间词中，成就最高者当属韦庄。其作品有别于温庭

[illegible]的浓艳绵密、柔媚甜腻，风格清丽疏朗，情感真实自然，为文人开拓了一个新世界。

而后，南唐产生了与花间派相近的另一派“南唐派”，最杰出代表为南唐后主李煜。李煜从一国之主沦为囚徒。词的风格发生了显著变化，由前期宫廷之豪华奢靡的生活，一变为对以往醉生梦死生活的回忆：亡国之时惨景惨状，亡国之后的悔恨与绝望以及对故国的眷念与一江春水似的愁苦，语言极为悲惨沉痛。如《破阵子·四十年来家国》《虞美人·春花秋月何时了》等，这些血泪文字，千古传诵，对后世的词风，产生了极其深远的影响。

宋太祖灭蜀与南唐后的前期，词的发展仍停留在南唐词派阶段，但词的功能已开始从娱乐和消遣为主的题材，转为伤时伤别之作。这一时期代表人物有晏殊、范仲淹等。晏殊的《珠玉词》，用语言明净、用字修洁的手法，表现出了闲雅蕴藉的风格，无论在思想内容与手法上都基本摆脱了花间派、南唐派的范畴了。范仲淹的词虽仍不脱花间词的余风，但他的《渔家傲·塞下秋来风景异》，却意境广阔、情调苍凉悲壮，开豪放词之先声。

自此之后，北宋词达到了全盛时期。此时，星汉灿烂，大家辈出，同时也产生了完全不同于婉约派风格的一个新的词派——豪放派。这一新词派执牛耳的则是苏轼。辛弃疾是继苏轼之后，又一豪放词大家。词史上，将两人并称“苏辛”。

苏轼的豪放词，如黄钟大吕之声，豪迈旷达，充满了沧桑感与历史感和浩然正气。如《江城子·老夫聊发少年狂》《水调歌头·明月几时有》《念奴娇·大江东去》等。

辛弃疾的豪放词，有别于苏轼的豪迈旷达，他的豪放词则“大声鞺鞳，小声铿鍧，横绝六合，扫空万古”（刘克庄《辛稼轩集序》），充满了家国江山之情，慷慨悲壮。如《破阵子·醉里挑灯看剑》《永遇乐·千古江山》等。

婉约词最杰出的代表人物，当是柳永、秦观、周邦彦、李清照等。词史上，或将柳永与秦观并称“柳秦”，或将柳永与周邦彦并称“柳周”。

柳永对词的贡献，是创制了长调慢词，改变了南唐以来小令一统天下的局面，特别是扩大了词的题材范围，为词的普及作出了巨大贡献。他的词当时就流传极广，达到了“凡有井水处，即能歌柳词”的境况。他的代表作有《雨霖铃·寒蝉凄切》等。

秦观的婉约词，轻灵蕴藉，情韵兼胜，且语言淡雅、音律和美，抒情性极强，故深受历代文人的喜爱与欣赏。他的词甚至对古代散文的发展也产生过很大影响。如《满庭芳·山抹微云》《鹊桥仙·纤云弄巧》等。

周邦彦的婉约词，在音律感及表现技巧上超过了柳永，且用字高雅，声腔圆美，故更符合文人的审美情趣。文人甚至更愿意将周邦彦与秦观并称，尊为婉约词的正宗。他的代表作有《瑞龙吟·章台路》等。

李清照早年欢乐，中年悲怨，晚年凄凉。她的词，清丽婉约、幽怨凄恻，同秦观一样极具抒情性。词史上称她是继柳、秦、周之后又一大婉约词的词宗。她的《醉花阴·薄雾浓云愁永昼》《一剪梅·红藕香残玉簟秋》等，被词坛公认为是艺术成就达到炉火纯青的婉约之作。

有趣的是，两种风格不同的词，并不相互排斥，而是相互影响、相互融合、相互补充，并一直沿袭至今。苏轼的婉约词同样写得极好。他的婉约词《江城子·十年生死两茫茫》，在词坛上被认为是写人类悲情的千古绝唱之作。他的另一首词《水龙吟·似花还似非花》，王国维认为是咏物词中无人可企及的婉约词。辛弃疾的婉约词，同样“其秾纤绵密者，亦不在小晏（晏几道）、秦郎（秦观）之下”。现代就有学者认为，他的《青玉案·元夕》

《祝英台近·晚春》的高度，甚至超过了柳永与晏殊的作品。

同样，婉约大家的豪放词也写得极好。如柳永的《望海潮·东南形胜》《八声甘州·对潇潇暮雨洒江天》等。据说金朝第四代皇帝完颜亮，读了柳永的前一首词后，“欣然有慕于‘三秋桂子，十里荷花’，遂起投鞭渡江之志”（《钱塘遗事》）。后来，果然发兵六七十万人，进攻南宋。苏轼则就后一首词称赞道，词中佳句“渐霜风凄紧，关河冷落，残照当楼”完全“不减唐人高处”。李清照的艺术颠峰之作，则是她的豪放词《声声慢·寻寻觅觅》。

辛弃疾之后，南宋虽然出现了姜夔、陆游、吴文英、张炎等一批词人，但整个词坛仍旧避免不了日趋衰靡的颓势，直至南宋灭亡，词被元曲取代。元以后，这种衰靡之势，更是每况愈下。清时，才又开始呈现兴盛局面。

二

本书作者黄河，数十年来在从事自然科学的同时，孜孜不倦地潜心研究古典诗词，特别是研究历史上各个时期杰出大家的作品，并努力勤奋地从事创作。现已有词作600余首，其中所用词牌达180多种，在诗词爱好者中已有一定的影响。由于是站在巨人的肩膀上，又从民间吸取了更多的营养，因此他的词突破了豪放与婉约的束缚，其风格也显多样变化。他的词有的豪放飘逸，有的慷慨悲壮，有的清幽绝俗，有的浅显隽永，有的精工华丽。婉约蕴藉之作，也写得新颖别致。

黄河的词题材广泛，但写得最多的还是传统题材。他的咏物词，特别是咏花词，形神兼顾，不仅善于描摹状物，而且尤重摄取神魂，笔墨往往逸出物外，空灵飘逸，极富浪漫主义色彩，且格调高雅，清幽绝俗，寓意深远，寄托与表现出了词人高洁脱俗的襟抱与崇高的情怀。如《一剪梅·昙花》《雪梅香·雪梅》等，后者从旧题材中写出了新意，令人称绝。前者的语言也极为俊美，几乎句句都是佳句，写尽了昙花的神韵与品格。其中“舞袂生寒，环佩声敲”句，词人将昙花瞬间开放，幻化成在月下款款而舞的神女，更是丝毫不逊色于古人的警策奇句。

传统的文化熏陶、家乡水土的滋育，使得黄河成为极注重感情的人，因此，他的乡情词、友情词也写得很出色。本书中，就多达50余首。黄河以最纯洁、朴实、流畅的语言，抒写故乡风光的今与昔、回乡途中的所见所闻所感，任由真挚充溢的感情从笔端自然地流出，既展现出了词人作为游子的思乡情怀，又将黄河对故乡的无限眷恋与热爱之情，一泻无余地表现了出来。这类词不胜枚举，几乎所写的每一首，都是句句珠玑的好词，字里行间都充满了黄河对故乡深笃真挚的情感。其中如“茫茫夜色无痕，只有思留情住”（《双双燕·寒食返乡路》）；“若得长圆如此月，未必人间还有离愁别”（《蝶恋花·中秋月》）等警句，则更是将愁写到极致。古人写离愁一般都将“愁”喻为明月、江水、烟雨、柳絮、芳草等，黄河把《青玉案·马年元宵》里“酒巷深深处”句，化用歇后语“酒香不怕巷子深”，将“愁”喻为“酒香”，这是一个创新！使得“愁”的家族里又添新的题材，将黄河每逢佳节倍思亲的怀乡之情表露到了无以复加的地步。

黄河的友情词，有别于古人的风格。他的友情词旷达、豪爽、乐观，无半句愁苦之语，增添了健康、积极向上的新内容。他的词，一碧如洗，表里澄澈，极为纯洁、真挚，句句都是发自肺腑的真实感情的流露。黄河以通俗晓畅、朴实自然、几近口语的语言，节奏明快、舒展抑扬、隽永流美的笔调，热情奔放、豪爽乐观的风格，来写同学之间的友谊，使得友情词在欢乐与感慨、回忆与瞻望中，将几十年同学的纯真感情，展露得更加情致圆润、意蕴神来。如《破阵子·春会》《清平乐·春会》等。这些词，将黄河与同学在“吴头楚尾”（上海——九江）之地相互思念，在节日期间相互祝愿以及庆贺的方式、狂欢的失态，都一览无余地渲泄了出来。读来令人感动。其中“云向九江听笑语，心在酒香归处”“年年岁岁情”等警语已成为同学见面的口头禅。

黄河的山水词，这本书里收录有 30 余首。从这些词里可以看出他受李白、孟浩然、王维、周邦彦影响较大，但又有自己的风格。他的词有的少了些李白的豪放与炽烈，多了份李白的浪漫飘逸；有的少了些孟浩然的淡雅闲静，多了份孟浩然的意韵优美；有的少了些王维的闲适恬静的禅意，多了份对祖国山河的热爱。如《江南春·孤山湖晚》，就像李白、孟浩然那样，喜从大处落墨，以洗炼优美的手法，来描绘大自然的广阔远景，但又避免了李白的炽烈与孟浩然的淡雅。仅仅 28 字，就将故乡的山水之美，描绘得美不胜收。意韵优美，令读者能深切真实地感受到家乡的山河有多美，黄河的词就有多美。

黄河的风景词则精工华丽如周邦彦。如《桂枝香·上海外滩》用铺叙渲染、高度夸张的言语以及广角摄影般的技巧，将上海外滩特有的美丽风光尽显了出来。整首词不仅画面美而且音律也很美，字里行间既有王安石笔意，又有柳永的笔意。

诗词是一门抒写人类心灵的文学艺术，诗人、词人想要作得一首好诗好词，不仅需要超然的人品及境界、丰厚的文化底蕴，而且需要掌握精湛的艺术技巧、严格的韵律要求、绵密的章法，更少不了反复凝炼的语言。从黄河词中，可以看出黄河正是具备了这些优点，才写出了那些艺术性与思想性相融的作品。有些佳词佳句，将会传诵下去。

本书只选录了 600 余首词中的一部分，并以《黄河词集》形式出版，以飨读者。除了帮助大家通过阅读黄河词作进一步提高对古典诗词的了解与欣赏水平外，还旨在给广大立志创作的爱好者提供一个不可多得的范本。

石柏青

2018年6月

凡　　例

1. 标号

平声标“○”；仄声标“●”；应平可仄标“⊙”；应仄可平标“◎”；平韵标“△”；仄韵标“▲”；句标“，”“。”；读标“、”。

2. 韵表

本词集选用《词林正韵》和《中华新韵》两种韵表。如所写的词是用《中华新韵》，那么就在该词处注明“新韵”。

3. 词谱

本书所选例词主要依据《钦定词谱》《白香词谱》和《唐宋词格律》（龙榆生著）。如例词选自《钦定词谱》，则用该谱中的卷号表示；如例词选自《唐宋词格律》或《白香词谱》，则用此例词所属词谱中的目录编号表示。

目　录

一　桂枝香…………… 1
二　满江红…………… 4
三　青玉案…………… 7
四　水调歌头………… 16
五　临江仙…………… 23
六　如梦令…………… 29
七　江城子…………… 32
八　沁园春…………… 35
九　西江月…………… 38
一〇　菩萨蛮………… 42
一一　望海潮………… 43
一二　满庭芳………… 47
一三　渔家傲………… 51
一四　苏幕遮………… 54
一五　一剪梅………… 56
一六　诉衷情令……… 58
一七　秋风清………… 60
一八　南乡子………… 61
一九　蝶恋花………… 63
二〇　玉蝴蝶………… 66
二一　念奴娇………… 68
二二　虞美人………… 72
二三　浣溪沙………… 74
二四　御街行………… 76
二五　卜算子………… 80
二六　浪淘沙………… 84
二七　齐天乐………… 88
二八　喜迁莺………… 90
二九　双双燕………… 94
三〇　换巢鸾凤……… 96
三一　阮郎归………… 98
三二　破阵子………… 100
三三　绮罗香………… 102
三四　天净沙………… 104
三五　昼夜乐………… 109
三六　忆秦娥………… 111
三七　喝火令………… 114
三八　行香子………… 122
三九　贺新郎………… 124
四〇　点绛唇………… 127
四一　南歌子………… 130
四二　声声慢………… 135

四三　人月圆…………… 137
四四　木兰花…………… 138
四五　清平乐…………… 141
四六　河传…………… 143
四七　眼儿媚…………… 146
四八　永遇乐…………… 147
四九　祝英台近…………… 149
五〇　太常引…………… 152
五一　鹧鸪天…………… 153
五二　踏莎行…………… 156
五三　望江东…………… 158
五四　十六字令…………… 159
五五　钗头凤…………… 161
五六　好事近…………… 164
五七　最高楼…………… 166
五八　踏青游…………… 168
五九　鹤冲天…………… 170
六〇　千秋岁…………… 173
六一　鹊桥仙…………… 177
六二　醉花阴…………… 179
六三　醉花间…………… 181
六四　秋夜月…………… 183
六五　暗香…………… 185
六六　疏影…………… 187
六七　八六子…………… 189
六八　八归…………… 191
六九　忆江南…………… 193
七〇　相见欢…………… 196
七一　谒金门…………… 197
七二　采桑子…………… 199
七三　生查子…………… 202
七四　过秦楼…………… 203
七五　春晓曲…………… 205
七六　定风波…………… 206
七七　唐多令…………… 210
七八　调啸词…………… 212
七九　水龙吟…………… 213
八〇　长相思…………… 215
八一　锦缠道…………… 216
八二　雨霖铃…………… 217
八三　洞仙歌…………… 219
八四　更漏子…………… 221
八五　捣练子…………… 222
八六　一斛珠…………… 223
八七　贺圣朝…………… 225
八八　离亭宴…………… 226
八九　天仙子…………… 229
九〇　画堂春…………… 231
九一　蓦山溪…………… 232
九二　忆王孙…………… 234
九三　桃源忆故人…………… 235
九四　金明池…………… 236
九五　惜分飞…………… 238
九六　河满子…………… 239
九七　烛影摇红…………… 241
九八　琐窗寒…………… 243

九九　解语花…………… 245
一〇〇　昭君怨………… 248
一〇一　感皇恩………… 250
一〇二　薄幸…………… 252
一〇三　南浦…………… 254
一〇四　潇湘夜雨……… 257
一〇五　醉太平………… 260
一〇六　瑞鹤仙………… 262
一〇七　风入松………… 264
一〇八　瑶台聚八仙…… 266
一〇九　荆州亭………… 268
一一〇　凤凰台上忆吹箫 ………………… 270
一一一　陌上花………… 273
一一二　玉漏迟………… 275
一一三　摸鱼儿………… 277
一一四　东风第一枝…… 279
一一五　多丽…………… 284
一一六　柳梢青………… 287
一一七　解佩令………… 288
一一八　高阳台………… 290
一一九　春风袅娜……… 292
一二〇　夺锦标………… 294
一二一　误佳期………… 296
一二二　翠楼吟………… 297
一二三　秋霁…………… 299
一二四　兰陵王………… 301
一二五　夜半乐………… 304
一二六　六丑…………… 307
一二七　宝鼎现………… 309
一二八　少年游………… 315
一二九　击梧桐………… 316
一三〇　霜天晓角……… 318
一三一　渔歌子………… 320
一三二　巫山一段云…… 322
一三三　朝中措………… 324
一三四　小重山………… 326
一三五　金人捧露盘…… 328
一三六　雪梅香………… 330
一三七　汉宫春………… 332
一三八　夜游宫………… 334
一三九　拜星月慢……… 336
一四〇　八声甘州……… 338
一四一　渡江云………… 340
一四二　扬州慢………… 342
一四三　玲珑玉………… 344
一四四　莺啼序………… 346
一四五　燕归梁………… 350
一四六　醉蓬莱………… 353
一四七　锦堂春慢……… 355
一四八　高山流水……… 357
一四九　忆旧游………… 359
一五〇　夜飞鹊………… 361
一五一　六州歌头……… 363
一五二　淡黄柳………… 366
一五三　归自谣………… 369

一五四　伤春怨………… 370
一五五　酷相思………… 371
一五六　瑞龙吟………… 373
一五七　粉蝶儿………… 376
一五八　惜红衣………… 378
一五九　法曲献仙音…… 380
一六〇　长寿乐………… 382
一六一　潇湘神………… 384
一六二　江城梅花引…… 385
一六三　黄莺儿………… 387
一六四　燕山亭………… 389
一六五　绕佛阁………… 391
一六六　酒泉子………… 393
一六七　定西番………… 394
一六八　曲玉管………… 395
一六九　离别难………… 397
一七〇　剑器近………… 399
一七一　长亭怨慢……… 401
一七二　水仙子………… 403
一七三　忆余杭………… 405
一七四　甘草子………… 407
一七五　荷叶杯………… 409
一七六　上行杯………… 410
一七七　折丹桂………… 412
一七八　一落索………… 414
一七九　庆清朝慢……… 416
一八〇　满宫花………… 418
一八一　踏莎美人……… 420
一八二　锦帐春………… 422
一八三　章台柳………… 424
后记………………………… 426

一　桂枝香

双调一百零一字，前后片各十句，五仄韵，宜用入声部韵。前后片第二句第一字并是领格，宜用去声字。

桂枝香·上海外滩

次韵王安石《桂枝香·登临送目》

晨光畅目，看日出外滩，清静宁肃。
万国群楼大厦①，次鳞成簇。
隔江对岸朝霞里，彩云中、地标高矗。
巨鞘长剑②，明珠金茂③，顶天齐足。

据通史、春秋角逐，记黄歇④黄浦⑤，海上延续。
十里洋场，难忘列强羞辱。
古今中外重回顾，望申城、风紫烟绿。
一弯新月⑥，瑶台三弄，玉宫神曲。

① 万国群楼大厦：主要是指上海外滩北起外白渡桥，南抵金陵东路，这一段是外滩建筑群的精华所在。这些大厦虽然出自不同建筑师之手，风格迥异，但是建筑格调统一，建筑轮廓协调，在黄浦江西岸划出了一道优美的天际线，享有“万国建筑博览会”的盛名。② 巨鞘长剑：上海中心大厦（总高 632 米）像

一把巨型的剑鞘，上海环球金融中心（高 492 米）像一把长剑。③ 明珠金茂：东方明珠广播电视塔（高 468 米）和金茂大厦（高 420.5 米）。④ 黄歇：春申君（前 314—前 238 年），嬴姓，黄氏，名歇。东周战国时期著名的政治家、军事家。⑤ 黄浦：指“申城”一词的来源。上海春秋时属吴，战国时先属越后属楚。楚孝王封楚相黄歇为春申君，上海就是他的封地。为纪念他治水的功绩，就将他率先治理拓浚的河道称作“黄歇浦”（今黄浦江）。⑥ 一弯新月：上海外滩有一段形似新月的黄浦江岸线。

例词　王安石《桂枝香·登临送目》

《钦定词谱》卷二九上

登临送目，正故国晚秋，天气初肃。
⊙○◎▲　●◎●◎○　⊙◎○▲
千里澄江似练，翠峰如簇。
⊙●○○●●　●○○▲
征帆去棹残阳里，背西风、酒旗斜矗。
⊙○◎●○○●　●○○　◎⊙○▲
彩舟云淡，星河鹭起，画图难足。
●○○●　⊙○◎●　◎○○▲

念往昔、繁华竞逐，叹门外楼头，悲恨相续。
●◎◎　○○●▲　●⊙●○⊙　⊙◎○▲
千古凭高，对此漫嗟荣辱。
⊙●○○　◎●●○○▲

六朝旧事如流水，但寒烟、衰草凝绿。

◎○◎●○○●　●○○　⊙◎○▲

至今商女，时时犹唱，后庭遗曲。

◎○⊙●　⊙○⊙◎　●○○▲

二 满江红

双调九十三字，前片八句四仄韵，后片十句五仄韵。

满江红·收购秦川

收购秦川，福莱尔[①]、心诚意切。
比亚迪[②]、民营企业，造车情结。
十万员工追梦幻，八千里路穿云月。
夜北京、午上海西安，晨深粤。

山东胜，南北挈。齐鲁定，东西接[③]。
引商家销售，竞争声烈。
五载中华居甲冠，十年世界排前列。
国产车、巨浪卷全球，翻新页！

① 福莱尔：西安秦川汽车公司曾生产的车型。② 比亚迪：深圳全球手机充电电池制造供应商，后收购西安秦川汽车公司。作者自 2003—2006 年曾参与比亚迪汽车公司初创时期的工作，期间为该公司组建发动机控制系统（ECU）团队，任比亚迪汽车电子技术高级顾问，此词写的是这段时间的亲身经历。③ 此句指 2005 年 9 月 22 日比亚迪 F3 在山东济南上市的情景。

满江红·江山如画（新韵）

旧体诗词，长短句、古声今韵。
看华夏、江山如画，人皆尧舜。
产品市场销售热，公司实业扬帆顺。
乘天时、据地利人和，东风劲。

勤管理，投入谨。精策划，经营慎。
讲和谐平等，务实诚信。
开拓创新独到处，与时俱进核心论。
展未来、你我大中华，乾坤振。

例词　柳永《满江红·暮雨初收》

《钦定词谱》卷二二下

暮雨初收，长川静、征帆夜落。
◎●○○　⊙⊙●　⊙○◎▲
临岛屿、蓼烟疏淡，苇风萧索。
⊙◎◎　◎○⊙●　◎○○▲
几许渔人飞短艇，尽载灯火归村落。
◎●⊙○○●●　◎○⊙●○○▲
遣行客、当此念回程，伤漂泊。
●⊙◎　⊙●●○○　○○▲

桐江好，烟漠漠。波似染，山如削。
○⊙●　○◎▲　○◎●　○○▲
绕严陵滩畔，鹭飞鱼跃。
◎⊙⊙⊙◎　◎⊙○▲
游宦区区成底事？平生况有云泉约。
⊙●⊙○○●●　⊙○◎●○○▲
归去来、一曲仲宣吟，从军乐。
⊙◎⊙　◎●●○○　○○▲

三　青玉案

双调六十七字，前后片各六句五仄韵，亦有第五句不用韵者。

青玉案·佘山游（新韵）

大年初四新春度，喜晴日、阳光沐。

自驾一游车出沪。窗前开阔，风移车速，抬眼佘山处。

同登石径通天路，携手云间看星宿。

大宇圆融神我物[①]。刹时流转，银河飞渡，来去知今古。

① 大宇圆融神我物：佘山天文台有一副对联："大宇圆融神物我，刹时流转去来今。"说的是天文学家高平子先生的宇宙观。

青玉案·同学聚会

东风杨柳飞天絮，又吹下、梨花雨。

蝶恋蜂追莺燕语。南门湖畔，百年学府，共忆青春处。

声声笑语容颜驻，阵阵欢呼点歌去。

朋友、流年、千百度。同桌的你，乡间小路，送别、情、飞舞[①]。

①“朋友”四句：为八首歌曲名。

青玉案·世博会[①]开幕（新韵）

泛光幻彩烟花怒，更胜似、银河谷。

上海热情千百度。相约今夜，世博开幕，城市生活路。

英伦种子绒花赋[②]，国际思维创新述。

华夏和谐参展处，神州红色，馆区朱户[③]，海宝吉祥物。

① 世博会：指2010年上海世博会。② 英伦种子绒花赋：指英国馆最大的亮点是由6万根装有植物种子的透明亚克力杆组成的巨型“种子圣殿”以及夜色下的七彩“蒲公英”。③ 馆区朱户：指红色的中国馆犹如华冠高耸，主体造型雄浑有力，充分体现了中国城市和谐发展的中华智慧。

青玉案·成功路（新韵）

为合肥熔安动力题

员工领导齐忙碌，为愿景、同甘苦。

动力熔安发展路。务实平等，科学进步，华夏精神铸。

育人效益皆同步，自主创新更超速。

团队激情千百度。中国神话，全球瞩目，一曲高歌赋。

青玉案·端午

读张建封[①]《竞渡歌》

绕江柳絮莺啼尽，五月五、天晴润。

出马使君皆有准。岸边江上，早闻声信，一路红旗引。

银钗照日犹霜刃，罗绮缤纷暗香阵。

三下鼓声齐浪进，两龙飞跃，群情振奋，船到标竿瞬。

① 张建封（735—800年），唐代中期著名大将，慷慨尚武，能文能武，常以武功自许。

青玉案·忆新洲（新韵）

知青下放风云录，忆幕幕、激情赋。

坝上田间寒与暑。蓦然回首，时间飞速，弹指黄昏暮。

别时活力青春富，再见童心老来酷。

梦里新洲来去路，九江湖口，官场[①]摆渡，你我常相处。

① 官场：农场长江渡口名。

青玉案·说端午

垂杨柳外江南雨，绿染遍、千山树。

岁岁年年重五五。青梅竹影，锦鸳鸥鹭，紫燕双飞舞。

榴钗妖艳红花怒，兰浴芬芳暗香吐。

彩色新丝缠粽煮。天中蒲酒，龙舟竞渡，代代传端午。

青玉案·马年元宵节

次韵辛弃疾《青玉案·元夕》

投光溢彩街灯树。更夜放、烟花雨。

十五元宵徐汇路。泛波流泻，倾城游冶，骏马龙蛇舞。

东风杨柳思千缕，南雁乡愁北归去。

短信铃声情几度？一江春水，漫天飞雪，酒巷深深处。

青玉案·羊年元宵

次韵辛弃疾《青玉案·元夕》

灵羊献穗图腾树。上海夜、晴无雨。

巷尾街头花满路。豫园三五，上元灯转，十二生肖舞。

垂杨又结相思缕，云燕衔泥画梁去。

夜放烟花春几度？万千情趣，满城皆在，浪卷风流处。

青玉案·猴年元宵节

次韵辛弃疾《青玉案·元夕》

金猴富贵图腾树。正飘落、春风雨。

上海元宵黄浦路。马龙车水，豫园街转，九曲流光舞。

青杨翠柳丝千缕，粉蝶黄蜂采花去。

笑问东君情几度？视频微信，手机屏在，网络天空处。

青玉案·月季花

次韵文徵明[①]《青玉案·庭下石榴花乱吐》

绿阴庭外芬芳吐。翠苍向、阳偏午。

体态端庄犹戏语，天姿娇艳，觅香蝶绪，逐蜜蜂飞去。

霞衣奔月轻还殢[2]，宝髻攲倾[3]漫凭伫。

落尽梨桃娟正举，夕阳烟紫，朝云红苎，花季无寒暑。

① 文徵明（1470—1559 年），原名壁（或作璧），字徵明。42 岁起，以字行，更字徵仲。因先世衡山人，故号“衡山居士”，世称“文衡山”，长州（今江苏苏州）人，明代画家、书法家、文学家。② 殢：读作 tì，滞留；纠缠。③ 攲倾：攲，读作 qī，歪斜；歪倒。

青玉案·元宵词

次韵辛弃疾《青玉案·元夕》

投灯溢彩霓虹树。似飘落、飞花雨。

十五申城黄浦路。月华流动，豫园楼转，闹市春风舞。

栏桥九曲[1]垂杨缕，茶韵湖心[2]请君去。

笑问游人情几度？布衣黔首[3]，万家乐在，老庙黄金处。

① 栏桥九曲：指九曲桥。② 茶韵湖心：指湖心茶亭。③ 布衣黔首：古代指一般百姓。

青玉案·浦东南路

次韵贺铸《青玉案·凌波不过横塘路》

陆家嘴浦东南路，上交所、应邀去。

见证挂牌关注度。发行鸣志[①]，股中牛户，首次公开处。

银屏抢购争朝暮，红线飘升听佳句。

饮水思源情已许，美人香草，佩兰芳絮，无量禅空雨。

① 鸣志：指上海鸣志电器股份有限公司。公司总裁常建鸣先生是上海交通大学的校友。我作为该公司的独立董事有幸被邀请参加鸣志电器公司于当天（2017 年 5 月 9 日）首发 A 股上市仪式及答谢会，见证公司的里程碑时刻。为此，我以一首词来表达此时的感受和心情。

青玉案·赛里木湖——新疆游（六）

次韵杨无咎[①]《青玉案·奇葩珍树丛丛绕》

飞车净海天山绕，赛里木、蓝天校。

博尔伊犁湖水晓，边陲西北，江南塞外，地堑风云老。

天鹅戏水时时倒，碧落苍空云上扫。

暑气薰衣花落早，毡房点点，炊烟袅袅，大美新疆好。

① 杨无咎（1097—1171年），宋词人、书画家。字补之，杨一作扬，一说名补之，字无咎。自号逃禅老人、清夷长者、紫阳居士。临江清江（今江西樟树）人。

例词　贺铸《青玉案·凌波不过横塘路》

《钦定词谱》卷一五上

凌波不过横塘路，但目送、芳尘去。
⊙○◎●○○▲　●◎●　○○▲
锦瑟年华谁与度，月楼花院，琐窗朱户，唯有春知处。
◎●⊙○○●▲　◎○⊙●　◎○⊙▲　⊙●○○▲

碧云冉冉蘅皋暮，彩笔空题断肠句。
◎○◎●○○▲　◎●○○●○▲
试问闲愁知几许？一川烟草，满城风絮，梅子黄时雨。
◎●⊙○○●▲　◎○⊙●　◎○⊙▲　⊙●○○▲

又一体　双调六十七字，前后片各六句四仄韵，第五句不用韵。

例词　辛弃疾《青玉案·元夕》

《唐宋词格律》八二

东风夜放花千树，更吹落、星如雨。
⊙○◎●○○▲　●◎●　○○▲
宝马雕车香满路。凤箫声动，玉壶光转，一夜鱼龙舞。
●●○○○●▲　◎○○●　◎○⊙●　◎●○○▲

蛾儿雪柳黄金缕，笑语盈盈暗香去。
◎○◎●○○▲　◎●○○●○▲
众里寻他千百度。蓦然回首，那人却在，灯火阑珊处。
●●○○○●▲　◎○○●　◎○⊙●　⊙●○○▲

四　水调歌头

双调九十五字，前片九句四平韵，后片十句四平韵。

水调歌头·纪念一九三八年九江姑塘[①]守卫战

（在此次保卫战中我方守军营长张文美与他一个营的守军全部牺牲，姑塘街在日军炮火中变成一片废墟。现存有炮台、战壕、工事等遗址。）

孤岛岸形胜，小镇大鄱阳。
九江湖口屏障，千百里沧桑。
日出官兵临战，夜守营房水面，全力保家乡。
七月二十二，更哨子时长。

雨空黯，风浪紧，匪如狼。
敌军贼舰，深夜偷抵至姑塘。
倭寇疯狂轰炸，将士顽强拼杀。誓死共存亡。
岁月怀英烈，乡土忆忠良。

① 姑塘：姑塘镇位处鄱阳湖的入江口，与大孤山（又名鞋山）隔水相望，是江西四大古镇之一，成形于三国和西晋，具有悠久的历史和优越的地理位置。清雍正元年（1723 年）设立九

江钞关姑塘分关，姑塘水运要冲的地理优势、货物集散地的重要地位更为突出。姑塘全盛期商号千百家，人口逾两万人，为古城浔阳所不及。

水调歌头·中秋

次韵苏轼《水调歌头·明月几时有》

明月古今有，把酒谢苍天。
玉轮银汉依旧，星象是祥年。
乘醉飘然归去，望处嫦娥殿宇，清寂素心寒。
万里桂疏影，香溢洒尘间。

绕山水，天外照，对愁眠。
只应有爱，三五佳节话团圆。
兄弟分争能合，陆海江山无缺，好事总成全。
两岸情长久，华夏共婵娟。

水调歌头·中秋

次韵苏轼《水调歌头·明月几时有》

苏轼宋时月，依旧照今天。
碧空高处银阙，还应似当年。
有约嫦娥宫去，设宴琼林殿宇，天地道暄寒。
起舞众仙影，醒醉彩云间。

遇知己，千杯少，思无眠。

只因有爱，三五佳节话团圆。
人有前缘能合，月到中秋无缺，万事不求全。
更夜凭阑久，把酒对婵娟。

水调歌头·牛市

次韵苏轼《水调歌头·明月几时有》

牛市[①]又雄起，股气更冲天。
大盘[②]前后重迭，依旧似当年。
涨跌阴阳来去，上下轩昂器宇，留意踏空寒。
烛线[③]弄花影，红绿在期间。

站岗客[④]，抄底户[⑤]，夜难眠。
只应有爱，人事长向月舒圆。
零七年[⑥]情同合，一五年[⑦]形无缺。万事不求全。
是否能持久？谁信问婵娟。

① 牛市② 大盘③ 烛线④ 站岗客⑤ 抄底户：均为股票证券术语。⑥ 零七年⑦ 一五年：分别指 2007 年和 2015 年这两年的股市行情比较。

水调歌头·中秋

次韵南宋张元干[①]《水调歌头·癸酉虎丘中秋》

今夕玉盘满，十五月华浮。
望空如水，千里银汉碧波流。

玉宇琼楼幽径，广殿天街桂影，难解世间愁。
把酒乘风去，不醉不归休。

笛声弄，长袖舞，笑相留。
只应有爱，蝴蝶香梦化庄周。
明月明年同合，此夜今生无缺，赐福我神州。
两岸情长久，华夏大春秋。

① 张元干（1091—约 1161 年），字仲宗，号芦川居士、真隐山人，晚年自称芦川老隐。芦川永福（今福建永泰）人。张元干与张孝祥一起号称南宋初期“词坛双璧”。

水调歌头·乌镇

次韵葛郯[①]《水调歌头·舟过乌戍值雨少憩晚复晴》

老街青石路，黛瓦粉墙头。
千年清浸，水墨吴韵越风留。
更似岚霏出岫，天色画中烟柳，蜡染印春秋。
乌篷[②]送行客，却望岸边楼。

凭栏处，美人靠，断桥愁。
吴宫西子，一抹浓淡美难收。
应是烂溪[③]震泽[④]，桥下银鱼霜蟹，惊起北栅鸥。
姜捣桃花醋，香过润江洲[⑤]。

① 葛郯，南宋诗人。② 乌篷：指乌篷船。③ 烂溪：乌镇郊

外的一条河，秋风起后的湖蟹就产在这里。清代陆世采写过一首反映当时乌镇人吃银鱼和湖蟹的诗："太师桥下棹归航，片片银鱼雪满筐。不及烂溪霜后蟹，桃花醋捣紫芽姜。"颇有意思。④ 震泽：太湖古称震泽，银鱼是太湖的特产，据说太湖银鱼往南游过南浔，一直游到乌镇北栅的太师桥为止，再也不往南边游了。⑤ 润江洲：镇江又称润洲。今人推测"桃花醋"在当时应该香过镇江醋。

例词　毛滂《水调歌头·九金增宋重》

《钦定词谱》卷二三下

九金增宋重，八玉变秦余。
◎⊙⊙◎●　◎●●○△
千年清浸，洗净河洛出图书。
⊙○○●　⊙◎○●●○△
一段升平光景，不但五星循轨，万点共连珠。
◎●⊙○⊙●　◎●◎○⊙●　◎●●○△
垂衣本神圣，补衮妙工夫。
⊙⊙◎○●　◎●●○△

朝元去，锵环佩，冷云衢。
⊙⊙◎　⊙⊙●　●⊙△
芝房雅奏，仪凤矫首听笙竽。
⊙○◎●　⊙●◎●●○△
天近黄麾仗晓，春早红鸾扇暖，迟日上金铺。
⊙●⊙○◎●　⊙●⊙○◎●　⊙●●○△

万岁南山色，不老对唐虞。
◎●⊙○●　◎●●○△

又一体　双调九十五字，前片九句四平韵，后片十句四平韵。前片第五、六句，后片第六、七句间入两仄韵（此词后片第六、七句不押韵）。

例词　苏轼《水调歌头·明月几时有》
《钦定词谱》卷二三下

明月几时有，把酒问青天。
⊙●●○●　◎●●○△
不知天上宫阙，今夕是何年。
◎○⊙●○◎　⊙●●○△
我欲乘风归去，换仄韵 又恐琼楼玉宇，高处不胜寒。前平韵
◎●○○⊙▲　◎●○○◎▲　⊙●●○△
起舞弄清影，何事在人间。
◎●●○●　⊙●●○△

转朱阁，低绮户，照无眠。
◎⊙◎　⊙◎●　●○△
不应有恨，何事长向别时圆。
◎○◎●　○◎○●●○△
人有悲欢离合，月有阴晴圆缺，
⊙●○○⊙▲　◎●○○⊙▲

此事古难全。前平韵

◎●●○△

但愿人长久，千里共婵娟。

◎●⊙○● ⊙●●○△

五 临江仙

又名《谢新恩》。双调六十字，前后片各五句三平韵。

临江仙·韶山游（新韵）

唯楚有材何处盛？三湘四水湘潭。
沉浮谁主问韶山。旧居人不在，只是忆当年。

百丈源头觉逝水，长河展卷从前。
钟灵毓秀育先贤。能文韬武略，吟动地诗篇。

临江仙·腊梅

日落风轻闲散步，新村匝路墙边。
暗香浮动近其观，腊梅独绽放，寒后早春前。

魂着芬芳挥不去，梦中花径贪欢。
俏枝树下忘流连。烟姿别有韵，玉骨雪添颜。

临江仙·中秋雨

明月中秋常有，因时易雨多阴。

千年古韵少知音。万家灯火上，醒复醉还斟。

楼外微凉初露，窗前清冷霜沉。
长河银汉锁云深。广寒宫紧闭，安得入琼林？

临江仙·贺赵程婚礼

九九重阳歌载舞，鸳鸯对意情长。
夫妻国色配天香。昨天传月老，今日接新娘。

万里长江前后浪，贺新婚喜高张。
芙蓉并蒂早添双。天高同比翼，白首共笙簧。

临江仙·仲秋宴

次韵赵长卿[①]《临江仙·柳上斜阳红万缕》

柳上初凉蝉噪晚，厢人文雅[②]幽香。
仲秋树桐换疏妆，叶儿飘落处，远近菊篱黄。

玉盏银盘凭水榭，灯红酒绿霞觞。
浦东秀沿丙申长，迎秋送夏日，次韵宋和唐。

① 赵长卿，生平事迹不详，号仙源居士，江西南丰人。宋代著名词人。② 厢人文雅：指上海浦东新区秀沿路上的酒店名。

临江仙・丙申除夕夜

次韵杨慎[①]《临江仙・滚滚长江东逝水》

大圣腾云辞旧岁，天鸡[②]傲视群雄，
桃都树上报时空。屠苏椒酒[③]暖，雪映岭梅红。

院满春晖春满院，门盈紫气东风。
尧年舜日[④]又重逢。复兴华夏梦，笑看古今中。

① 杨慎（1488—1559年），字用修，初号月溪、升庵等，四川新都（今成都）人。明代著名文学家。② 天鸡：传说中的神鸡，率天下之鸡报晓。南朝梁任昉《述异记》卷下："东南有桃都山，上有大树……上有天鸡，日初出，照此木，天鸡则鸣，天下鸡皆随之鸣。"③ 椒酒：用椒浸制的酒。古俗农历元旦向家长献此酒，以示祝寿、拜贺之意。④ 尧年舜日：前蜀・毛文锡《甘州遍》词："尧年舜日，乐圣永无忧。"喻指天下太平的时候。

临江仙・忆绍兴游

今天偶尔翻出二十年前与杜坤和顾成在绍兴的合影照

次韵陈与义[①]《临江仙・夜登小阁》

千古绍兴吴越事，一时多少精英。
出征呼酒饯行声，劳师依旧在，投醪水新明。

二十年前桥畔饮，梦回犹喜还惊。

夕阳几度雨和晴，越王勾践去，流月缺圆更。

① 陈与义（1090—1138年），字去非，号简斋，洛阳（今河南洛阳）人。北宋末南宋初年诗人。

例词　杨慎《临江仙·滚滚长江东逝水》

《钦定词谱》卷一〇上

滚滚长江东逝水，浪花淘尽英雄，

◎◎◎⊙○◎●　○○⊙●○△

是非成败转头空，青山依旧在，几度夕阳红。

◎○◎○●○△　●○⊙●●　⊙●●○△

白发渔樵江渚上，惯看秋月春风。

◎◎⊙◎○◎●　⊙○○●○△

一壶浊酒喜相逢，古今多少事，都付笑谈中。

◎○◎●●○△　⊙○◎●●　◎●●○△

又一体　双调五十八字，前后片各五句三平韵。

例词　徐昌图《临江仙·饮散离亭西去》

《钦定词谱》卷一〇上

饮散离亭西去，浮生长恨飘蓬。

◎●⊙○○●　⊙○⊙●○△

回头烟柳渐重重。淡云孤雁远，寒日暮天红。
⊙○⊙●●○△　◎○○●●　⊙●●○△

今夜画船何处？潮平淮月朦胧。
⊙●◎○○●　⊙○⊙●○△
酒醒人静奈愁浓。残灯孤枕梦，轻浪五更风。
◎○⊙●●○△　⊙○○●●　⊙●●○△

谢新恩　单调，五十一字四仄韵。

谢新恩·今又重阳

次韵李煜《谢新恩·冉冉秋光留不住》

叶落残蝉疏渐住，菊黄秋欲暮。
九九又重阳，金桂芬芳处，天香飘坠。

好汉气，登临户，望云山雾雨。
南飞大雁雍雍[①]声，插遍茱萸应更似。

① 雍雍：鸟类和鸣声。

例词　李煜《谢新恩·冉冉秋光留不住》

《钦定历代诗余》，清沈辰垣等编定《李煜诗选》中《谢新恩》其五

冉冉秋光留不住，满阶红叶暮。
●●○○○●▲　●○○●▲

又是过重阳，台榭登临处，茱萸香坠。
●●●○○ ○●○○● ○○○●

紫菊气，飘庭户，晚烟笼细雨。
●●● ○○▲ ●○○●▲
雍雍新雁咽寒声，愁恨年年长相似。
○○○●●○○ ○●○○○○●

六　如梦令

单调三十三字，七句五仄韵、一叠韵。

如梦令·圣诞元旦

年末温馨圣诞，岁首祥和元旦。
微信送平安，幸福健康相伴。
如愿！如愿！快乐开心无限！

如梦令·元旦

一夜春风吹遍，迎接新年元旦。
为您送平安，微信传来祝愿！
无限，无限，快乐健康相伴！

如梦令·迎新春

新旧瞬间交替，首末虎牛传递。
微信送平安，幸福健康无虑。
如意！如意！快乐开心伴你！

如梦令·迎新年

迎接新年元旦，贺岁致辞千万。
谈笑话春风，幸福健康美满。
无限！无限！心想事成如愿！

如梦令·三八节赋

国际凤歌鸾舞，百度云端香雾。
蜂蝶恋花间，杨柳淡鹅黄缕。
烟雨，烟雨，笑把春光留住。

如梦令·碧落苍穹航线——新疆游（一）

上海浦东机场至乌鲁木齐地窝堡机场

碧落苍穹航线，畅享长空深浅。
西去玉门关，万里新疆边远。
遥看，遥看，雪上云端相见。

例词　李存勖《如梦令·曾宴桃源深洞》

《钦定词谱》卷二上

曾宴桃源深洞，一曲舞鸾歌凤。

长记别伊时，和泪出门相送。

⊙●●○○　⊙●◎○⊙▲

如梦，如梦，叠句 残月落花烟重。

⊙●　⊙●　　⊙●◎○⊙▲

七　江城子

双调七十字，前后片各七句五平韵。

江城子·沙坝头

女儿浦[1]口古沙头[2]，旅商留，趣相投。
杨柳风清、鸣燕弄春柔。
湖阔湾深堤岸近，鸥鹭聚，锦鳞游。

烟波浪里晚来幽。远山悠，彩云稠。
夕照匡庐[3]、羌管唱轻舟。
吟赏云霞骚客醉，谈笑尽，世间愁。

① 女儿浦：指姑塘，古时江西四大古镇之一，位于鄱阳湖的北岸。它是一个湖中的半岛，与外界连接只有两条堤坝。② 沙头：指与半岛外连接的堤坝。③ 匡庐：指江西庐山。

江城子·世界杯

次韵苏轼《江城子·记梦》

清空河汉夜苍茫，斗星量，计时忘。
初夏黎明、帘外透微凉。

十五银盘更满月，天宇下，染成霜。

桑巴世界又回乡，视屏窗，看黄妆[①]。
草地绿茵、主播话千行。
中国足球驱虎豹，何日过，景阳冈？

① 黄妆：指巴西足球队所着黄颜色队服。

江城子・独董班网聊

手机上网看聊天。倚阑干，道暄寒。
独董同期、别易见时难。
微信群言应越过，南海水，雁门山。

卷帘遥问月中安。望天边，玉宫前。
万里银河、一片小舟单。
斗转星移更漏尽，云渐晓，夜阑珊。

例词　苏轼《江城子・凤凰山下雨初晴》
《钦定词谱》卷二下

凤凰山下雨初晴，水风清，晚霞明。
◎○⊙●●○△　●○△　●○△
一朵芙蓉、开过尚盈盈。
◎●⊙○　⊙●●○△

何处飞来双白鹭，如有意，慕娉婷。
⊙●⊙○○●● ○◎● ●○△

忽闻江上弄哀筝，苦含情，遣谁听？
◎○⊙●●○△ ●○△ ●○△
烟敛云收、依约是湘灵。
⊙●⊙○ ⊙●●○△
欲待曲终寻问取，人不见，数峰青。
◎●◎○○●● ○◎● ●○△

八　沁园春

双调一百十四字，前片十三句四平韵，后片十二句五平韵。

沁园春·忆姑塘

古镇沧桑，岁月随云，往事影飘。
记日机轰炸，弹痕累累，英关掠夺，罪恶滔滔。
断壁残墙，砾砖碎瓦，只比湖边杂草高。
多灾难，又招商污染，毁尽夭娆。

当年百媚千娇，望柳岸垂丝舞楚腰。
有九街玉道，店门风雅；十湾金港，帆际云骚。
商贾流连，游人忘返，故里情怀更细雕。
沙头外，伴渔舟唱晚，雁阵歌朝。

沁园春·金秋创业

九月金秋，澳珀[①]相约，注册股东。
阅投资协议，行文页页；签名仪式，庄重隆隆。
甲乙公司，丙丁股份，行业精英兴趣同。
从今日，更同舟共济，合力无穷。

人皆豪杰英雄，看实体公司如画中。
有威孚幻想，豪情奔放，张江创意，气度雍容。
科技兴邦，和谐发展，国企私营盛世逢。
经谋划，创节能技术，低碳金融。

① 澳珀：指股东相约召集地点店名。

沁园春・热

今夏酷暑，微信中流传着各种版本的看起来像是词牌《沁园春・热》的词，其实不然，为此我也赋词一首，次韵毛泽东《沁园春・雪》。

赤日炎炎，酷暑难熬，汗似雨飘。
望边关旷漠，熏烟滚滚；中原大地，热浪滔滔。
电扇狂摇，空调急转，几处降温招数高？
网传《热》，读声丢平仄，韵失骄娆。

五音格律天娇，令多少诗人俯仰腰。
有南唐后主[①]，一江春水；先秦屈子[②]，独唱离骚。
奉旨填词，白衣卿相[③]，市井红尘随意雕。
看今古，数《沁园春・雪》，气盖朝朝。

① 南唐后主：指李煜。其代表作《虞美人》中有名句：“问君能有几多愁？恰似一江春水向东流。” ② 先秦屈子：指屈原。③ 白衣卿相：指柳永。

例词　苏轼《沁园春·孤馆灯青》

《钦定词谱》卷三六上

孤馆灯青，野店鸡号，旅枕梦残。
⊙◎○○　◎◎⊙⊙　◎◎◎△
渐月华收练，晨霜耿耿，云山摛锦，朝露漙漙。
●◎○⊙●　⊙○◎●　⊙○⊙●　⊙●○△
世路无穷，劳生有限，似此区区长鲜欢。
◎●○○　⊙○◎●　◎●○○⊙●△
微吟罢，凭征鞍无语，往事千端。
⊙○●　◎⊙○⊙●　◎●○△

当时共客长安，似二陆初来俱少年。
⊙○◎●○△　◎◎●　⊙○⊙●△
有笔头千字，胸中万卷，致君尧舜，此事何难。
●◎○⊙●　⊙○◎●　◎○⊙●　◎●○△
用舍由时，行藏在我，袖手何妨闲处看。
○●○○　⊙○◎●　◎●○○⊙●△
身长健，但优游卒岁，且斗尊前。
⊙⊙●　●⊙○◎●　◎●○△

九　西江月

双调五十字，前后片各四句，两平韵、一叶韵。

（“叶韵”，“叶”读音为xié，有“协”“和”之意。故又称作“协韵”“谐韵”。“叶韵”是相对于“主韵”而言的，“叶韵”须与对应的“主韵”在《词韵》中同韵部。）

西江月·虎年除夕贺词

辞旧迎新福到，屠苏送暖春回。
五湖四海尽朝晖，国泰民安富贵。

事业牛牛称霸，财源虎虎生威。
合家欢乐笑声随，生活甜甜美美。

西江月·世博、足球、端午

2010年上海世博会期间迎来了中国的传统端午节和世界杯足球赛。

世博顺阳开幕，足球端午相逢。
千家万户乐融融，观展评球尝粽。

鱼跃扑球防守，中场后卫前锋。
绿茵草地看英雄，中国何时圆梦？

西江月·兔年除夕贺词

爆竹声中辞旧，寒梅香里迎新。
兔年大吉福临门，紫气东来鸿运。

四海同歌辛卯，九州共庆庚寅。
健康身体好精神，事业家庭百顺。

西江月·年初五同学聚会

每逢新年初五，在老家九江的高中同学和在上海的高中同学，会同时举行迎新年聚会。

上海聚餐才上，浔阳酒席刚开。
每年初五应声来，笑侃青春还在。

两地手机齐响，一圈电话难排。
满斟浅盏尽开怀，预定人生百载。

西江月·贺马年

爆竹声声福到，梅花点点春回。
神州大地尽朝晖，紫气东来富贵。

立马五湖称霸，腾龙四海扬威。
千家万户笑声随，好运年年岁岁。

西江月·贺羊年

爆竹声声辞旧，桃符对对迎新。
千家万户尽挥春，紫气东来鸿运。

马跃吉星高照，羊鸣朗朗乾坤。
三多五福喜临门，滚滚财源广进。

西江月·贺猴年

瑞雪纷飞辞旧，梅花笑里迎新。
神州大地满园春，年到财源滚滚。

羊跃福星高照，猴腾富贵临门。
出方大利梦成真，万事一帆风顺。

西江月·沉痛悼念金志有[①]同学

日月不随人老，长江后浪推新。
满园春色乐耕耘，千种尘缘洗尽。

凡路兼程风雨，山头回首烟云。
世间不用再劳神，鹤去天堂好运。

① 金志有：我的大学同学，英年早逝。

例词　柳永《西江月·凤额绣帘高卷》

《钦定词谱》卷八下

凤额绣帘高卷，兽钚朱户频摇。
◎●◎○⊙●　◎○⊙●○△
两竿红日上花梢，春睡恹恹难觉。叶韵
◎○⊙●●○△　⊙●⊙○⊙▲

好梦枉随飞絮，闲愁浓胜香醪。
◎●◎○⊙●　⊙○⊙●○△
不成雨暮与云朝，又是韶光过了。叶韵
◎○◎●●○△　◎●⊙○◎▲

一〇 菩萨蛮

双调四十四字，前后片各四句，两仄韵、两平韵。

菩萨蛮·奉化妙高台

蒋家溪口伤心别，宁波奉化空留月。
雪窦入云端，妙高千万山。

瀑泉云卷彩，几度斜阳外。
青史费人猜，金陵春梦哀。

例词　李白《菩萨蛮·平林漠漠烟如织》

《钦定词谱》卷五上

平林漠漠烟如织，寒山一带伤心碧。
⊙○◎●○○▲　⊙○◎●○○▲
暝色入高楼，有人楼上愁。
◎●●○△　◎○⊙●△

玉阶空伫立，换仄韵 宿鸟归飞急。
◎○○●▲　　◎●⊙○▲
何处是归程，换平韵 长亭更短亭。
⊙●●○△　　⊙○⊙●△

一一　望海潮

双调一百零七字，前片十一句五平韵，后片十一句六平韵。

望海潮・姑塘

北经湖口，南通五岭，姑塘自古人夸。
西去客流，东来货物，千帆竞渡朝霞。
银浪抚金沙。看香庐紫照，雁过云涯。
柴米油盐，木材瓷器婺源茶。

孤山十里人家。更前街富贵，后院豪奢。
关榷税收，行商纳贾，繁忙港务高衙。
风飐酒旗斜。泛轻舟唱晚，钓叟渔娃。
日出千人作揖[1]，夜见万灯华。

① 作揖：此处指驾船动作。

望海潮・游普陀山

次韵常楷[1]《望海潮・秋日登北普陀山望海楼》

共圆心愿，同游圣地，舟山群岛渔村。
天外洛迦[2]，人间净土，古今佛国山门。

时菊碎丛榛[3]。正疏蝉噪柳，鸿雁翔云。
瀚海茫茫，闾[4]峰迭迭满乾坤。

斜阳落日秋曛。向盘陀[5]夕照，娄杵禅魂。
灵石[6]梵音[7]，仙山[8]法雨[9]，天龙八部超人。
舟岛渡凡尘。望金沙环绕，白浪涛吞。
恰乘东林好景，山月醉黄昏。

① 常楷：词人，生平事迹不详。② 洛迦：普陀山是印度语中的简称，全称是普陀洛迦山。③ 榛：荆榛，泛指丛生灌木。④ 闾：里；门。⑤ 盘陀：盘陀石。⑥ 灵石：灵石庵。⑦ 梵音：梵音洞。⑧ 仙山：普陀山有"海上有仙山，山在虚无缥缈间"的说法。⑨ 法雨：指法雨寺。

望海潮·游云居山

次韵常楷《望海潮·秋日登北普陀山望海楼》

天湖明月[1]，云山净土，莲花佛手仙村[2]。
田畔稻香，林枝果满，赵州关外山门[3]。
石壁蔓藤榛。有吴说题字[4]，苏轼诗云[5]。
一片楼台，数声钟鼓意犹存。

夕阳向晚秋曛。见千年白果[6]，古寺经魂。
周遍远闻，禅音佛语，高僧隐士骚人。
赤色挡风尘[7]。望钵盂天供[8]，龙象云吞[9]。

九九重阳好景，时月卷朝昏。

① 天湖明月：云居山顶有一个形状似月亮的湖称为明月湖。② 莲花佛手仙村：云居山顶湖澄如境，地平如掌，四周诸峰环列，这里又称莲花城。③ 赵州关外山门：历史上赵州关几经倒塌重建。④ 有吴说题字：现今赵州关被指并非原址，根据《云居山志》记载："宋王安石之外孙吴说书写'赵州关'赠山寺。"三个大字镌刻在坊旁石壁上。⑤ 苏轼诗云：指宋苏轼和黄庭坚游云居作。⑥ 千年白果：真如寺中尚存千年古银杏（白果）树十余株，其中有唐朝道膺禅师手植的，直径达两米，拔地参天，蓊郁苍翠。⑦⑧⑨ 指云居山顶中间是坦坦荡荡的小平原大坝子，遍布园林湖田，四周袈裟峰、钵盂峰、龙珠峰、象王峰环列如屏障。

例词　柳永《望海潮·东南形胜》

《钦定词谱》卷三四下

东南形胜，三吴都会，钱塘自古繁华。
⊙○○●　○○⊙●　⊙○◎●○△
烟柳画桥，风帘翠幕，参差十万人家。
○●●○　○○●●　⊙○◎●○△
云树绕堤沙。怒涛卷霜雪，天堑无涯。
⊙●●○△　●⊙◎⊙●　⊙●○△
市列珠玑，户盈罗绮竞豪奢。
◎●○○　◎⊙⊙●●○△

重湖迭巘清佳，有三秋桂子，十里荷花。
⊙○◎●○△　●⊙○●●　◎●○△
羌管弄晴，菱歌泛夜，嬉嬉钓叟莲娃。
○●●○　○○●●　⊙○◎●○△
千骑拥高牙。乘醉听箫鼓，吟赏烟霞。
⊙●●○△　⊙◎○⊙●　⊙●○△
异日图将好景，归去凤池夸。
◎●○○◎●　⊙●●○△

一二　满庭芳

双调九十五字，前片十句四平韵，后片十一句（换头句不藏短韵则为十句）五平韵。

满庭芳·电视剧《蜗居》

滚滚红尘，茫茫人海，现代都市繁荣。
巷头街尾，来去客匆匆。
迷惑随波起落，蜗居里、志短财穷。
朱门处，官权倚重，唤雨更呼风。

相逢，花似柳；无根美女，有势英雄。
但真假鸳鸯，明暗难重。
昨日情愁爱恨，犹如梦、意尽缘终。
房钱色，横流物欲，一笑几回空。

满庭芳·新年抒怀

宇宙茫茫，人生慢慢，耳听天命年龄。
笑谈荣誉，争肯[①]换浮名？
学海书山漫步，寰球外、日月同行。
空余里，填词押韵，品古写今声。

多情，还善感，游山戏水，好墨丹青。
更沽酒宜宾，醒醉蓬瀛。
现在将来过去，都有梦、岁月年轻。
随天意，太阳远近，西落又东升。

① 争肯：犹怎肯。

满庭芳·游齐云山

次韵秦观《满庭芳·山抹微云》

山隐云边，林窥湖上，紫霄烟锁宫门。
幻虚元始，尘外玉清尊。
白岳摩崖石刻，碑文上、旧事嚣纷。
空无处，三姑五老，迷雾绕天村。

山魂，仙洞府，珠帘卷雨，云帐空分。
更赢得三神，各擅其存。
流水丹霞地貌，岁月里、风化留痕。
休宁外，下山索道，斜照夕阳昏。

例词　秦观《满庭芳·山抹微云》

《唐宋词格律》三九

山抹微云，天连衰草，画角声断谯门。
⊙●○○　⊙○⊙●　●◎○●○△

暂停征棹，聊共引离尊。
●○○●　○●●○△
多少蓬莱旧事，空回首、烟霭纷纷。
⊙●○○●●　⊙⊙●　⊙●○△
斜阳外，寒鸦万点，流水绕孤村。
○○●　⊙○◎●　⊙●●○△

销魂，当此际，香囊暗解，罗带轻分。
○△　○●●　○○●●　⊙●○△
谩赢得，青楼薄幸名存。
●●○○●　◎●○△
此去何时见也，襟袖上、空惹啼痕。
◎●⊙○●●　⊙◎●　⊙●○△
伤情处，高城望断，灯火已黄昏。
○○●　⊙○◎●　⊙●●○△

又一体　双调九十五字，前后片各十句，四平韵。

例词　晏几道《满庭芳·南苑吹花》

《钦定词谱》卷二四上

南苑吹花，西楼题叶，故园欢事重重。
⊙●○○　⊙○⊙●　◎○⊙●○△
凭阑秋思，闲记旧相逢。
⊙○⊙●　⊙●●○△

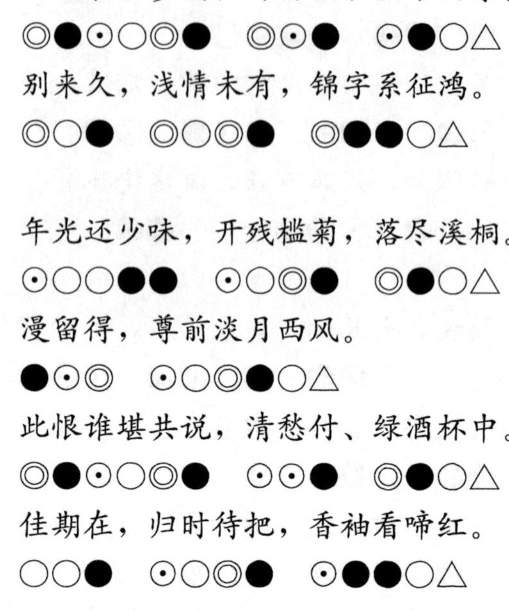

几处歌云梦雨，可怜便、流水西东。
◎●⊙○◎● ◎⊙● ⊙●○△
别来久，浅情未有，锦字系征鸿。
◎○● ◎○◎● ◎●●○△

年光还少味，开残槛菊，落尽溪桐。
⊙○○●● ⊙○◎● ◎●○△
漫留得，尊前淡月西风。
●⊙◎ ⊙○◎●○△
此恨谁堪共说，清愁付、绿酒杯中。
◎●⊙○◎● ⊙⊙● ◎●○△
佳期在，归时待把，香袖看啼红。
○○● ⊙○◎● ⊙●●○△

此词换头句不藏短韵，宋、元人如此填者亦多。

一三　渔家傲

双调六十二字，前后片各五句五仄韵。

渔家傲·春情

次韵晏殊《渔家傲·画鼓声中昏又晓》

遍野樱花蜂蝶晓，长堤翠柳烟波老。
十里春风晴正好，须酒调，神仙犹解渔家傲。

放眼长江东杳杳，浪花淘尽知多少？
古往今来成一笑，人尽道，夕阳几度英雄了。

渔家傲·组建公司（一）

2009年，上汽集团组建汽车电子公司，我任该公司技术总监。

组建联创研发地，张江创业园区内。
绿色汽车微电子，传感器，系统部件高科技。

每日八时工作制，驱车七点清晨起。
走走停停车道挤，三十里，来回耗费三时计。

渔家傲·组建公司（二）

柴油电控从零起，泵高压力共油轨。
方案可行规定细，精设计，研发自主需团队。

博世功能皆可比，选型系统高科技。
产品平台成体系，控制器，试行国四新标志。

渔家傲·市场品牌

次韵高登[①]《渔家傲·名利场中空扰扰》

市场品牌穷困扰，合资技术无间道。
难脱寒酸空白帽，王者恼，唐宗宋祖秦皇[②]早。

百米起停时秒杪，节能环保全球好。
犹解东篱陶令笑，词未老，一樽美酒悬河倒。

① 高登（1104—1159 年），字彦先，号东溪，南宋爱国者，词人。② 唐宗宋祖秦皇：为比亚迪公司所生产的“秦”“唐”“宋”品牌混合动力轿车。

例词　晏殊《渔家傲·画鼓声中昏又晓》

《钦定词谱》卷一四上

画鼓声中昏又晓，时光只解催人老。

求得浅欢风日好，齐揭调，神仙一曲渔家傲。
⊙●◎○○●▲　○◎▲　⊙⊙◎◎○○▲

绿水悠悠天杳杳，浮生岂得长年少。
◎●⊙○○●▲　⊙○◎◎○○▲
莫惜醉来开口笑，须信道，人间万事何时了。
◎●◎○○◎▲　⊙◎▲　⊙○◎●○○▲

一四　苏幕遮

双调六十二字，前后片各七句四仄韵。

苏幕遮·春早

次韵梅尧臣[①]《苏幕遮·草》

楚天高，吴梦杳。庭院莺声，啼破东窗晓。
草外青青稍近少，水岸堤边，柳色如烟照。

杏花村，桃萼道。燕掠风前，又道清明早。
车到浔阳思梦了，落尽梨花，绿野春风老。

① 梅尧臣（1002—1060年），北宋诗人。字圣俞，宣城（今属安徽）人。

苏幕遮·莲花

次韵周邦彦《苏幕遮·燎沉香》

入黄梅，连进暑。侵晓初阳，鸟雀欢晴语。
荷叶吹干更夜雨，水佩风裳，伞盖香飞举。

九江遥，思远去。未到归期，梦又回乡旅。

五月浔阳还记否？柳岸芙蓉，翠色清圆浦。

例词　范仲淹《苏幕遮·碧云天》

《钦定词谱》卷一四上

碧云天，黄叶地。秋色连波，波上含烟翠。
●○○　○●▲　⊙●○○　⊙●○○▲
山映斜阳天接水，芳草无情，更在斜阳外。
⊙●⊙○○●▲　⊙●○○　◎●○○▲

黯乡魂，追旅思。夜夜除非，好梦留人睡。
●○○　○●▲　◎●○○　◎●○○▲
明月楼高休独倚，酒入愁肠，化作相思泪。
⊙●⊙○○●▲　◎●⊙○　◎●○○▲

一五 一剪梅

双调六十字，前后片各六句，三平韵。

一剪梅·长江崇明隧道桥

上海长江隧道桥。千载孤州，一夜花梢。
旅游度假与休闲，北去崇明，北往东郊。

昔日人车摆渡焦。雪雾台风，火急心烧。
如今来去任逍遥，不惧天骄，不畏江嚣。

一剪梅·昙花

次韵周邦彦《一剪梅·一剪梅花万样娇》

一现昙花百媚娇。疏点仙枝，素影芳梢。
含苞欲放暗香浮，月下风前，羞卷帘招。

只为韦驮[1]岁月消。舞袂生寒，环佩声敲。
夜来无意狎群芳，转瞬凡尘，且慢今朝。

① 韦驮：传说昙花原是一位花神，曾与凡人韦驮产生感情，后被玉帝强行拆散。因此后人有“昙花一现”之传说，所以昙花

又名韦驮花。

例词　周邦彦《一剪梅·一剪梅花万样娇》

《钦定词谱》卷一三下

一剪梅花万样娇。斜插疏枝，略点眉梢。
◎●○○◎●△　⊙◎⊙⊙　◎●○△
轻盈微笑舞低回，何事樽前，拍手相招。
⊙○⊙●●○○　⊙●○○　◎●○△

夜渐寒深酒渐消。袖里时闻，玉钏轻敲。
◎●⊙○◎●△　◎◎○⊙　◎●○△
城头谁恁促残更，银漏何如，且慢明朝。
⊙○⊙●●○○　⊙●○○　◎●○△

一六 诉衷情令

双调四十四字，前片四句三平韵，后片六句三平韵。

诉衷情令·姑塘海关

姑塘旧址变荒丘，碎石遍地留。
繁华街景遗梦，古道故人愁。

今又去，海关楼，恨难收。
十湾九港，日寇轰炸，付炬东流。

诉衷情令·乙未中秋不见月

蛮云瘴雨晚难收，明月不胜愁。
不知银蟾玉兔，今夜为何羞？

玩股票，大盘休，跌琼沟。
嫦娥厌看，唯复看厌，忘了中秋。

例词　晏殊《诉衷情令·青梅煮酒斗时新》

《钦定词谱》卷五上

青梅煮酒斗时新，天气欲残春。

⊙○◎●●○△　⊙◎◎⊙△

东城南陌花下，逢着意中人。

◎○⊙◎⊙◎　⊙●●○△

回绣袂，展香茵，叙情亲。

○●●　●○△　●○△

此时拚作，千尺游丝，惹住朝云。

◎○⊙●　⊙◎⊙⊙　⊙●○△

一七　秋风清

又名《秋风引》。寇准词名《江南春》。单调三十字，六句三平韵。

江南春·孤山湖晚

沙坝渺，小山孤。晴空天水远，斜日落匡庐。
红橙黄绿青蓝紫，七彩残阳铺晚湖。

江南春·沙坝春光

风绿绿，水清清。春光无限好，杨柳更柔情。
孤山沙坝斜阳里，缭绕烟霞留晚晴。

例词　寇准《江南春·波渺渺》

《钦定词谱》卷二上

波渺渺，柳依依。孤村芳草远，斜日杏花飞。
○●●　●○△　○○○●●　○●●○△
江南春尽离肠断，蘋满汀洲人未归。
○○○●○○●　○●○○○●△

一八 南乡子

双调五十六字，前后片各五句四平韵。

南乡子·回乡（新韵）

三月九江行，寒食回乡赣北城。
西去慢车常让路，停停。起动频频千里程。

归客梦中惊，硬卧长途睡未成。
一枕春寒思故里，三更。夜雨晴时泪不晴。

南乡子·绍兴投醪河

吴越绍兴城，满眼春秋故国情。
千年会稽多少事，偌①听。不尽劳师泽②水鸣。

勾践誓师兴，父老一坛酒饯行。
畅饮投醪③三百米，亲征。耳畔犹闻雪耻声。

① 偌：绍兴方言“你”。② 劳师泽：又名投醪河，从浙江省绍兴市鲍家桥至稽山中学的投醪河河段，东西长 251 米，宽约 7 米，至今保存完整。③ 醪：此处指代浊酒。

例词　辛弃疾《南乡子·登京口北固亭有怀》

《唐宋词格律》一二九

何处望神州？满眼风光北固楼。
◎●●○△　⊙●○○●●△
千古兴亡多少事，悠悠。不尽长江滚滚流。
⊙●◎○○●●　○△　◎●○○◎●△

年少万兜鍪，坐断东南战未休。
⊙●●○△　◎●○○●●△
天下英雄谁敌手？曹刘。生子当如孙仲谋。
◎●◎○○●●　○△　◎●○○◎●△

一九　蝶恋花

双调六十字，前后片各五句，四仄韵。上下片第四句尾三字可以用“仄平仄”。

蝶恋花·诸暨游

天淡云闲风细细，夏日炎炎，酷暑高温季。
杭沪衢金飞速抵，苎萝山[1]下游诸暨。

又见浣纱江畔水，西子溪边，嘻笑无忧意。
一代倾城荣故里，吴宫空断儿时戏。

① 苎萝山：位于浙江省诸暨市西施的出生地。

蝶恋花·中秋月

为邓辉先生摄月图题词

若得长圆如此月，未必人间，还有离愁别。
谁把银盘随意发，定时影像中秋节。

短信打开惊读阅，似见恒娥，长袖清歌悦。
环佩笙箫雕玉彻，扶疏丹桂琼楼阙。

蝶恋花·南昌夜宿

帝子[1]落霞孤鹜景，假日鑫峰[2]，秋水清风净。
曲岸霓虹添市井，红楼依旧笙歌领。

六博逍遥由画省[3]，欲往南山，不见东篱径。
无奈窗前寻句咏，黄粱一枕邯郸醒。

① 帝子：指腾王，首句写滕王阁的景色。② 假日鑫峰：旅店名，位于滕王阁对岸。③ 画省：（汉、魏以后）尚书台、尚书省的别称。汉尚书奏事于明光殿，殿壁画有古烈士的典故。

蝶恋花·昨日台风

次韵刘敏中[1]《蝶恋花·帘底青灯帘外雨》

昨日台风强降雨，东海"天鹅"[2]，北上灾如许。
全线跌停千百处，大盘染绿无空户。

牛压熊雕胡吹鼓，股祸人间，都是悲伤句。
进退两难寻出去，清仓割肉[3]同谁语？

① 刘敏中（1243—1318年），元代文学家，字端甫。济南章丘（今属山东）人。② 天鹅：台风名。③ 清仓割肉：股市用语。

例词　冯延巳《蝶恋花·六曲阑干偎碧树》

《钦定词谱》卷一三上

六曲阑干偎碧树，杨柳风轻，展尽黄金缕。
◎●⊙○○●▲　⊙●○○　◎●○○▲
谁把钿筝移玉柱，穿帘海燕双飞去。
⊙●◎○○●▲　⊙○◎●○○▲

满眼游丝兼落絮，红杏开时，一霎清明雨。
◎●⊙○○●▲　⊙●○○　◎●○○▲
浓睡觉来莺乱语，惊残好梦无寻处。
⊙●◎○○●▲　⊙○◎●○○▲

二〇 玉蝴蝶

双调九十九字，前片十句五平韵，后片十一句六平韵。此词前段第四、五句，上四下六，后段第五、六句，上四下七。

玉蝴蝶慢·拆迁

望处建楼工地，挖掘作业，日夜繁忙。
满目沟坑浊水，载运泥浆。
转螺旋、排杆钻孔，车搅拌、灌注基桩。
扰民伤，噪音污染，电焊弧光。

迁房，徐虹北路，几经商讨，数度寒霜。
四万开谈，慢加二万后收场。
面积算、一间还两，单价乘、实计平方。
众街坊，近同居委，远散城乡。

例词 柳永《玉蝴蝶·望处雨收云断》

《钦定词谱》卷四上

望处雨收云断，凭阑悄悄，目送秋光。

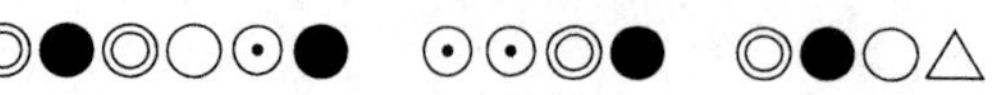

晚景萧疏，堪动宋玉悲凉。
◎●○○　⊙●◎●○△
水风轻、蘋花渐老，月露冷、梧叶飘黄。
◎○⊙　⊙○◎●　◎◎●　⊙●○△
遣情伤，故人何在？烟水茫茫。
●○△　◎○⊙●　⊙●○△

难忘，文期酒会，几辜风月，屡变星霜。
⊙△　⊙○◎●　◎○⊙●　◎●○△
海阔山遥，未知何处是潇湘。
●●○○　◎○⊙●●○△
念双燕、难凭远信，指暮天、空识归航。
●⊙◎　⊙○◎●　◎◎⊙　⊙●○△
黯相望，断鸿声里，立尽斜阳。
●○△　◎○⊙●　◎●○△

二一　念奴娇

双调一百字，前后片各十句，四仄韵。

念奴娇·潢川故地

改网友黄剑岚词

潢川[①]故地，望萋萋草野，坠城荒碣。
古垒溪流铭岁月，沥尽先民心血。
历夏商周，灾难霸楚，黄国春秋折。
山河之变，一时多少英杰。

深信崇祖人心，永生不灭，万世怀宗列。
忍辱复兴为楚尹[②]，典拜春申黄歇。
并蒂莲花，天池清澈，双井甘泉冽。
君台遗址，子孙朝圣宫阙。

① 潢川：位于河南省东南部，是中华黄姓的发源地，春申君黄歇故里。② 楚尹：楚国令尹（相国）。

念奴娇·沪浔西去[①]

次韵苏轼《念奴娇·赤壁怀古》

沪浔西去，卷帘尽、千里山川风物。
卧铺车边，窗外是、落日熔金半壁。
马踏前空，鲸吹远岸，龙驾云翻雪[②]。
烟霞成画，一时光彩奇杰。

回首似水流年，夕阳情未了，余晖争发。
韦曲乌巾[③]，行驶间、谈笑红尘生灭。
百字重游[④]，东坡次韵我[⑤]，不差毫发。
古今同梦，共邀天上明月。

① 沪浔西去：指从上海（沪）乘车去九江（又称浔阳）。② 此句描写日落时天边云彩的变化。③ 韦曲乌巾：杜甫有作《奉陪郑驸马韦曲》。韦曲，唐代长安游览胜地，杜甫作此诗时，求仕于长安而未果，对韦曲春景而动归隐之怀；乌巾，古代多为隐居不仕者的帽子。④ 百字重游：即词谱《念奴娇》，又名《百字令》，作者重读苏轼《念奴娇·赤壁怀古》。⑤ 东坡次韵我：即我次韵东坡此词。

例词　苏轼《念奴娇·凭空眺远》

《钦定词谱》卷二八上

凭空眺远，见长空万里，云无留迹。

桂魄飞来光射处，冷浸一天秋碧。
◎●◎○○●● ◎●◎○○▲
玉宇琼楼，乘鸾来去，人在清凉国。
◎●○○ ⊙○⊙● ⊙●○○▲
江山如画，望中烟树历历。
⊙○○● ●○○●◎▲

我醉拍手狂歌，举杯邀月，对影成三客。
◎●◎●○○ ◎○⊙● ◎◎○○▲
起舞徘徊风露下，今夕不知何夕。
◎●⊙○○●● ⊙●◎○○▲
便欲乘风，翻然归去，何用骑鹏翼。
◎●○○ ⊙○⊙● ⊙●○○▲
水晶宫里，一声吹断横笛。
◎○○● ◎○○●○▲

又一体 双调一百字，前片九句四仄韵，后片十句四仄韵。

例词　苏轼《念奴娇·赤壁怀古》
《钦定词谱》卷二八上

大江东去，浪淘尽、千古风流人物。
●○○● ●○● ○●○○○▲
故垒西边，人道是、三国周郎赤壁。
●●○○ ○●● ○●○○●▲

乱石穿空，惊涛拍岸，卷起千堆雪。

●●○○　○○●●　●●○○▲

江山如画，一时多少豪杰。

○○○●　●○○●○▲

遥想公瑾当年，小乔初嫁了，雄姿英发。

○●○●○○　●○○●●　○○○▲

羽扇纶巾，谈笑间、樯橹灰飞烟灭。

●●○○　○●●○●　○○○▲

故国神游，多情应笑我，早生华发。

●●○○　○○●●●　●○○▲

人间如梦，一尊还酹江月。

○○○●　●○○●○▲

二二　虞美人

双调五十六字，前后片各四句，两仄韵、两平韵。

虞美人·缠足（新韵）

裹脚三寸弯尖小，站立风吹倒。
似刑残忍布缠足，苦难历程愚昧、陋习俗。

古人笔下凌波步[①]，荒诞风靡舞。
扭曲蜷握[②]赞金莲，病态畸形审美、祸千年。

① 凌波步：形容女子脚步轻盈，飘移如履水波。② 蜷握：紧握，卷曲。

虞美人·重阳会

国安[①]盛请茱萸佩[②]，上海闻香醉。
今朝画室更清狂，九九秋风着意、过重阳。

二中历历求知处，共说青春路。
浔阳楼[③]上好题诗，万里长江横渡、楚天时。

① 国安：饶国安，中国美术家协会会员，画家。② 茱萸佩：佩茱萸，汉族岁时风俗之一。在九月九日重阳节时爬山登高，臂上佩戴插着茱萸的布袋。③ 浔阳楼：中国江南十大名楼之一，位于江西省九江市区的长江之滨。

例词　李煜《虞美人·春花秋月何时了》

《唐宋词格律》一四〇

春花秋月何时了？往事知多少。

⊙○⊙●○○▲　⊙●○○▲

小楼昨夜又东风，故国不堪回首月明中。

⊙○⊙●●○△　⊙●●○⊙●●○△

雕阑玉砌应犹在，换仄韵 只是朱颜改。

⊙○⊙●○○▲　⊙●○○▲

问君能有几多愁？换平韵 恰似一江春水向东流。

⊙○⊙●●○△　⊙●●○⊙●●○△

二三 浣溪沙

双调四十二字，前片三句三平韵，后片三句两平韵。

浣溪沙·计划盱眙游

小暑高温六月前，务虚计划两三天，
旅游盱眙[1]找空闲。

应有龙虾红亮美，还来麻辣爽香鲜，
再添啤酒似神仙。

① 盱眙：古称都梁、临淮、泗州，位于江苏省西部，隶属于江苏省淮安市，盱眙县盛产小龙虾。

浣溪沙·含鄱口[1]

五老芙蓉紫岫藏，九奇鸟瞰楚天长。
含鄱鱼脊簇朝阳。
乍雨乍晴云出没，时烟时雾复苍茫。
银河倒挂石山梁。

① 含鄱口：庐山是神州九大观日处之一。庐山观日，位于

江西省九江市的庐山东谷含鄱峰中段含鄱口，含鄱亭为最佳地点。它势如奔马，又宛如游龙，神气活现地横亘在九奇峰和五老峰之间，张着大口似乎要鲸吞鄱阳湖水，因此得名。

例词　韩偓《浣溪沙·宿醉离愁慢髻鬟》

《钦定词谱》卷四下

宿醉离愁慢髻鬟，六铢衣薄惹轻寒。
◎●⊙○◎●△　◎○⊙●●○△
慵红闷翠掩青鸾。
⊙○◎●●○△

罗袜况兼金菡萏，雪肌仍是玉琅玕。
⊙●◎○○●●　◎○⊙●●○△
骨香腰细更沉檀。
◎○⊙●●○△

二四　御街行

双调七十六字，前后片各七句四仄韵。

御街行·手术住院（七十六字格）

年年体检医生看，每次全查遍。
指标参数很正常，都在安全之间。
虽难百病全无，总算身体还康健。

节前看病来医院，结果惊慌乱。
腹腔手术做全麻，一醒两回三转。
冰凉恐惧，有人轻唤，恶梦才惊断。

例词　柳永《御街行·燔柴烟断星河曙》

《钦定词谱》卷一八上

燔柴烟断星河曙，宝辇回天步。
⊙○⊙●○○▲　◎●○○▲
端门羽卫簇雕阑，六乐舜韶先举。
⊙○◎●●○○　◎●◎○⊙▲
鹤书飞下，鸡竿高耸，恩露均寰宇。
◎○⊙●　⊙○⊙●　⊙●○○▲

赤霜袍烂飘香雾，喜色成春煦。
◎○⊙●○○▲　◎●○○▲
九仪三事仰天颜，八彩旋生眉宇。
◎○⊙●●○○　◎●◎○⊙▲
椿龄无尽，萝图有庆，常作乾坤主。
⊙○⊙●　⊙○◎●　◎●○○▲

御街行·夜排档（七十八字格）

今天上海东风瑞，小暑夜、申城媚。
明珠金盏太神迷，华月银河天缀。
浦江之畔，泛光流彩，千里柔情水。

鱼虾梭蟹螺蛤贝，各品种、活鲜美。
平凉通北[①]海鲜楼，麻辣椒香盐脆。
舟山店内，满斟浅饮，兄弟常相会。

① 平凉通北：此处写的是位于上海平凉路、通北路上的舟山海鲜楼。

御街行·湘浦情[①]

繁华时尚超前卫，上海市、徐家汇。
地标建筑显神迷，商旅人文圈内。
交通枢纽，中心地铁，车马人流水。

湖南鬼酒风吹醉，辣软嫩、香酸脆。
芙蓉国里尽朝晖，常往来多约会。
番禺路口，凯旋路北，湘浦情乡味。

① 湘浦情：番禺路口与凯旋路北上有一家湖南人开的“湘浦情”酒家。

御街行·台北夜

记台湾松川继电器公司董事吴总一月八日夜在
台北自家“禾丰酒店”宴请来台大陆朋友

巍巍夜塔[①]深蓝砌，一〇一、摩天媚。
西门町里太神迷，千万商家街市。
游人如织，马龙车水，南北东西汇。

吴家盛宴更高贵，酒未到、闻先醉。
牛鱼鸵鸟肉纯真，尝尽禾丰鲜味。
中华两岸，同宗同脉，兄弟相称慰。

① 夜塔：台北 101 塔，该塔晚上可以按一周七天每天变换塔身的颜色，一月八日是星期五，塔身为深蓝色。

又一体 双调七十八字，前后片各七句四仄韵。

例词　范仲淹《御街行·纷纷坠叶飘香砌》

《钦定词谱》卷一八上

纷纷坠叶飘香砌。夜寂静、寒声碎。
○○●●○○▲　●●●　○○▲
真珠帘卷玉楼空，天淡银河垂地。
○○○●●○○　○●○○○▲
年年今夜，月华如练，长是人千里！
○○⊙●　◎○○●　○●○○▲

愁肠已断无由醉。酒未到、先成泪。
○○●●○○▲　●●●　○○▲
残灯明灭枕头攲，谙尽孤眠滋味。
○○○●●○○　○●○○○▲
都来此事，眉间心上，无计相回避。
○○◎●　⊙○⊙●　○●○○▲

二五　卜 算 子

双调四十四字，前后片各四句两仄韵。

卜算子·红叶

玉杵捣余丹，重染吴江树①。
几度朱铅点绛唇②，冷艳招春妒。

无意倚新妆，乱入群花谱。
起落回风化作尘，醉伴斜阳舞。

① 唐崔信明有“枫落吴江冷”句，得句一时，这里是用此诗意。枫树新出红叶，像是仙人杵下余留的丹砂。② 点绛唇：此句是写秋天的红叶。

卜算子·岁月

叹世事匆匆，如梦成虚矫。
春夏秋冬四季时，空惹情衰老。

不管海棠开，还是轻杨袅。
岁月光阴过隙云，难断星行道。

卜算子·月牙泉[1]

次韵王观[2]《卜算子·送鲍浩然之浙东》

眉月一汪泓，弦管鸣沙聚。
戈壁丝绸古道边，大漠孤烟处。

春度玉门关，万里东风去。
骑上驼峰塞外游，海市蜃楼住。

① 月牙泉：鸣沙山风景名胜区，位于甘肃省敦煌市城南5公里。古往今来以“山泉共处，沙水共生”的奇妙景观著称于世，被誉为“塞外风光之一绝”。② 王观（1035—1100年），字通叟，如皋（现属江苏）人，宋代词人，与高邮的秦观并称“二观”。

卜算子·才谢老师情

次韵程安民老师《卜算子·乍别又重逢》

才谢老师情，再谢先生意。
一段青春过去时，万绪千头已。

把酒话今朝，更有惊和喜。
共铸神州梦复兴，盛世宏图起。

例词　苏轼《卜算子·黄州定慧院寓居作》

《钦定词谱》卷五上

缺月挂疏桐，漏断人初静。
◎●●○○　◎●○○▲
谁见幽人独往来，缥缈孤鸿影。
⊙●○○●●○　◎●○○▲

惊起却回头，有恨无人省。
⊙●●○○　◎●○○▲
拣尽寒枝不肯栖，寂寞沙洲冷。
◎●○○●●○　●●○○▲

又一例　双调四十四字，前后片各四句两仄韵。

陆游《卜算子·咏梅》

《唐宋词格律》六二

驿外断桥边，寂寞开无主。
◎●●○○　◎●○○▲
已是黄昏独自愁，更着风和雨。
⊙●○○●●○　◎●○○▲

无意苦争春，一任群芳妒。

⊙●●○○　◎●○○▲

零落成泥碾作尘，只有香如故。

◎●○○●●○　●●○○▲

二六 浪淘沙

双调五十四字，前后片各五句四平韵。

浪淘沙·元旦旅游中

转改微信朋友词

元旦旅游中，难得轻松。漫看红树意犹浓。
寻觅旧时深圳景，未见其踪。

可惜太匆匆，拂袖摇风。飞机窗外月朦胧。
但愿他年来再见，赋予从容。

浪淘沙·庐山景

天籁雨空升，雾绕山鸣。仙池星夜圣灯明①。
四纪冰川多地貌，造物浓情。

峰岭紫烟生，幽谷泉清。鄱湖落影大江横。
五岳风云收不尽，独领天成。

①“天籁”三句：指庐山三大疑案，至今仍无确切的解释。第一个是庐山天池千年佛灯；第二个是庐山云雾为何有声音；第

三个是庐山雨为何自下往上跑。

浪淘沙·重阳

寒露染花黄，冷菊浓香。一年一度又重阳。
雁字天高秋气爽，点点行行。

霜逐楚吴凉，望极思乡。空中楼道独彷徨。
山远水遥愁几许，万里江长。

浪淘沙·下放新洲

下放到新洲，几度春秋。“文革”大浪卷激流。
农垦围堤沙渚上，洲尾洲头。

长岛似孤舟，江水悠悠。棉花播种再棉收。
坝上田间连小路，一段乡愁。

浪淘沙·李煜

梦里正贪欢，客醒茫然。风流词帝黯凭栏。
心事独将和泪说，千古诗篇。

上下五千年，几度人间。群星朗月逐追天，
败寇成王流水去，无限江山。

浪淘沙·春信

久未得词言，开口茫然。残冬落叶逆吹天。
欲待东君寻旧地，重写诗篇。

圣诞又新年，梅信先传。俏枝腊破雪添颜。
蛇舞龙腾风雨顺，春到人间。

浪淘沙·评审会

平日见时难，桌上寒暄。国联无锡早埋单。
岁末股东评审会，很快开完。

会后用餐间，叙旧聊天。举杯一碰又添缘。
戏说红尘风月事，再点根烟。

浪淘沙·沪浔线

次韵李煜《浪淘沙·帘外雨潺潺》

站外雨声潺，灯火昏珊。沪浔快旅卧春寒。
对号上车都是客，气定心欢。

千里夜遮栏，觉醒庐山。朝云晓雾见还难。
七点十分车到也，烟水之间。

例词　李煜《浪淘沙·帘外雨潺潺》

《钦定词谱》卷一〇下

帘外雨潺潺，春意阑珊。罗衾不耐五更寒。
⊙●●○△　⊙●○△　⊙○◎●●○△
梦里不知身是客，一晌贪欢。
◎●◎○○●●　◎●○△

独自莫凭栏，无限江山。别时容易见时难。
◎●●○△　⊙●○△　◎○⊙●●○△
流水落花春去也，天上人间。
⊙●◎○○●●　⊙●○△

二七 齐天乐

双调一百零二字，前片十句六仄韵，后片十一句六仄韵。

齐天乐·蝴蝶

次韵姜夔[①]《齐天乐·蟋蟀》

燕穿杨柳吟春赋，厌厌更闻莺语。
水绿烟轻，韶光煦色，依约翻翩飞处。
深心暗诉。梦百草花丛，织思如杼。
扑朔迷离，醒时谁是甚无绪。

狂风突吹暴雨，地崩山又裂，雷电天杵。
羽化双飞，缤纷陌野，误了姻缘难数。
闲词为与，叹诸态浮生，利呼男女。
缱绻[②]红尘，忘人间乐苦。

① 姜夔（1154—1221 年），字尧章，号白石道人，饶州鄱阳（今江西省鄱阳县）人。南宋文学家、音乐家。② 缱绻：情意缠绵、难舍难分的样子。

例词　姜夔《齐天乐·蟋蟀》

《钦定词谱》卷三一上

庾郎先自吟愁赋，凄凄更闻私语。
●○○●○○▲　○○●○○▲
露湿铜铺，苔侵石井，都是曾听伊处。
●●○○　○○●●　○●○○○▲
哀音似诉，正思妇无眠，起寻机杼。
○○●▲　●○●○○　●○○▲
曲曲屏山，夜凉独自甚情绪？
●●○○　●○●●●○▲

西窗又吹暗雨，为谁频断续，相和砧杵？
○○●○●▲　●○○●●　○●○▲
候馆吟秋，离宫吊月，别有伤心无数。
●●○○　○○●●　●●○○○▲
豳诗漫与，笑篱落呼灯，世间儿女。
○○●▲　●○●○○　●○○▲
写入琴丝，一声声更苦。
●●○○　●○○●▲

二八　喜迁莺

此调有小令、长调两体，四十七字小令始于唐人；一百零三字长调始于宋人。长调体另一名《烘春桃李》。

喜　迁　莺

双调四十七字，前片五句四平韵，后片五句三仄韵、两平韵。

喜迁莺·“秦”①

看中央电视台播放比亚迪混合动力车“秦”的新闻

上电视，看新闻，联播新车“秦”。
后身前脸更亲民，相看亮精神。

充电用，加油动，比亚迪双模控。
节能低耗四驱轮，量体定裁身。

①“秦”：指比亚迪生产的混合动力车名。

例词　李煜《喜迁莺·晓月坠》

《钦定词谱》卷六上

晓月坠，宿烟微，无语枕频欹。
●●●　●○△　○●●○△
梦回芳草思依依，天远雁声稀。
●○○●●○△　○●●○△

啼莺散，余花乱，寂寞画堂深院。
○○▲　○○▲　●●●○○▲
片红休扫尽从伊，前平韵　留待舞人归。
●○○●●○△　　○●●○△

喜　迁　莺

双调一百零三字，前后片各十一句，五仄韵。

喜迁莺·寒食

次韵吴礼之[①]《喜迁莺·咏闰元宵》

容颜如采，喜六十退休，春风犹再。
燕子来时，桃花开后，寒食返乡谁碍？
枢斗晓移星汉，弓月晨翻云海。
沪浔线，夜行通宵旦，喧啸呼隘。

车快，游子回、归梦又圆，重补离家债。
烟水亭边，甘棠湖畔，依旧九江深爱。
一席笑音不断，两耳欢声还在。
待明晚，便如期相聚，鱼轩乡菜。

① 吴礼之（约公元 1198 年前后在世），字子和，钱塘人。生卒年均不详，工词。

例词　吴礼之《喜迁莺·咏闰元宵》

《白香词谱》六三

银蟾光采，喜稔岁闰正，元宵还再。
⊙○⊙▲　●⊙◎◎⊙　◎⊙⊙▲
乐事难并，佳时罕遇，依旧试灯何碍。
⊙●○○　⊙⊙⊙◎　⊙●◎○○▲
花市又移星汉，莲炬重芳人海。
⊙◎◎⊙⊙●　◎●⊙○⊙▲
尽勾引，遍嬉游宝马，香车喧隘。
◎◎●　●◎⊙◎◎　⊙⊙⊙▲

晴快，天意教、人月更圆，偿足风流债。
○▲　○◎⊙　⊙◎◎⊙　◎◎○○▲
媚柳烟浓，夭桃红小，景物迥然堪爱。
◎●⊙○　⊙⊙⊙◎　◎●◎⊙⊙▲

巷陌笑声不断，襟袖余香仍在。

◎◎◎⊙⊙●　◎●⊙○⊙▲

待归也，便相期明日，踏青挑菜。

◎◎●　●◎⊙⊙◎　◎⊙⊙▲

二九　双双燕

双调九十八字，前片九句四仄韵，后片十句七仄韵。

双双燕·寒食返乡路

次韵吴文英《双双燕·小桃谢后》

又寒食了，斜阳倚车厢，一排窗户。
西行线上，千里返浔乡度。
帘外申城远去，夜深里、更间时处。
茫茫暮色无痕，只有思留情住。

飞举。成蛾化羽，无可那，天河鹊桥风雨。
空教蜂蝶，有梦却难双舞。
多少江情海绪。漫往复、东西书诉。
谁怜脉脉数年，还见信言笺语。

例词　吴文英《双双燕·小桃谢后》

《钦定词谱》卷二六下

小桃谢后，双双燕，飞来几家庭户。

轻烟晓暝，湘水暮云遥度。

○○●●　○●●○○▲

帘外余寒未卷，共斜入、红楼深处。

○●○○●●　●○●　○○○▲

相将占得雕梁，似约韶光留住。

○○●●○○　●●○○○▲

堪举。翩翩翠羽，杨柳岸，泥香半和梅雨。

○▲　○○●▲　○●●　○○●○○▲

落花风软，戏逐乱红飞舞。

●○○●　●●●○○▲

多少呢喃意绪，尽日向、流莺分诉。

○●○○●▲　●●●　○○○▲

还怜又过短墙，谁会万千言语。

○○●●●○　○●●○○▲

三〇　换巢鸾凤

双调一百字，前片九句五平韵一叶韵，后片十一句六叶韵。

换巢鸾凤·春情

次韵史达祖《换巢鸾凤·春情》

百媚烟娇，正蜂忙筑梦，蝶绕廊桥。
曲栏风带绿，小榭弄笙箫。
垂杨袅袅楚宫腰。画堂换巢，寒随暖销。
春摇曳，剪双舞、腹心相照。

云悄，天浩渺。今夜婵娟，遮面琵琶抱。
十里尘香，五声弦上，纤指荑苗春草。
帘外千般渐无声。天边星月残更老。
东窗眠，子规啼、始觉清晓。

例词　史达祖《换巢鸾凤·春情》

《钦定词谱》卷二八下

人若梅娇，正愁横断坞，梦绕溪桥。

倚风融汉粉，坐月怨秦箫。

●○○●●　●●●○△

相思因甚到纤腰，定知我今无魂可销。

○○○●●○△　●○●○○○●△

佳期晚，谩几度、泪痕相照。叶韵

○○●　●●●　●○○▲

人悄，叶韵 天渺渺。叶韵 花外语香，时透郎怀抱。叶韵

○▲　○●▲　○●●○　○●○○▲

暗握荑苗，乍尝樱颗，犹恨侵阶芳草。叶韵

●●○○　●○○●　○●○○○▲

天念王昌忒多情，换巢鸾凤教偕老。叶韵

○●○○●○○　●○○●○○▲

温柔乡，醉芙蓉、一帐春晓。叶韵

○○○　●○○　●●○▲

三一 阮郎归

双调四十七字，前片四句四平韵，后片五句四平韵。

阮郎归·太湖

银河飞陨夜明珠，流星赐太湖。
清风如笔浪如书，烟波入画图。

游震泽，阅姑苏，环湖宜锡菰[1]。
泥人排骨紫砂壶，碧螺[2]不可无。

① 宜、锡、菰：分别指环太湖的城市宜兴、无锡、湖州。
② 此句指环太湖特产：泥人、排骨、紫砂壶，碧螺茶。

阮郎归·放疗（新韵）

东安医院放疗厅，灯光昼夜明。
顶窗天下静无声，长条椅似冰。

儿女爱，弟兄情，夫妻伴影行。
耳边亲友祝福叮，病来应不惊。

例词　李煜《阮郎归·东风吹水日衔山》

《钦定词谱》卷六下

东风吹水日衔山，春来长自闲。

⊙○⊙●●○△　⊙○⊙●△

落花狼藉酒阑珊，笙歌醉梦间。

◎○⊙●●○△　⊙○◎●△

春睡觉，晚妆残，无人整翠鬟。

⊙◎●　●○△　⊙○◎●△

留连光景惜朱颜，黄昏独倚阑。

⊙○⊙●●○△　⊙○◎●△

三二　破 阵 子

双调六十二字，前后片各五句三平韵。

破阵子・和谐

远去秦关蜀道，近回越地吴营。
百日挑灯连夜战，千次开车标定声，铭思子弟兵。

快铁飞车城际，航空霹雳天惊。
为了节能低碳化，留住山青水亦清，和谐万物生。

破阵子・春会

读晏殊《破阵子・燕子来时新社》

细雨冬寒尚冷，春风暖意催晴。
初五沪浔同学会，半日联通话未停，东西两座城。

美酒千杯与共，高歌数首堪听。
蓝调舞池同浪漫，摇滚随心步履轻，年年岁岁情。

例词　晏殊《破阵子·海上蟠桃易熟》

《钦定词谱》卷一四上

海上蟠桃易熟，人间秋月长圆。
◎●⊙○◎●　⊙○⊙●○△
惟有擘钗分钿侣，离别常多会面难，此情须问天。
⊙●◎○○●●　⊙●○○◎●△　◎○⊙●△

蜡烛到明垂泪，熏炉尽日生烟。
◎●◎○⊙●　⊙○◎●○△
一点凄凉愁绝意，漫道秦筝有剩弦，何曾为细传。
◎●⊙○○●●　◎●○○◎●△　⊙○◎●△

三三　绮罗香

双调一百零四字，前片九句四仄韵，后片九句五仄韵。

绮罗香·放化疗程（新韵）

亲人重病，积极配合医生治疗，现已完全康复。

病理惊天，临床乱目，照射吊针防御。
放化疗程，无奈俱焚石玉。
药反应、呕吐心慌，副作用、损伤机体。
最堪怜、夜梦失眠，口干舌燥少食欲。

人生忙入倦旅，犹似西风落木，茫然如许。
病弱衰颜，脱落发丝千缕。
为健康、无数忧伤，尽化作、笑声欢语。
待春风、又见江南，柳青芳草绿。

例词　张炎《绮罗香·红叶》

《白香词谱》七二

万里飞霜，千林落木，寒艳不招春妒。

枫冷吴江，独客又吟愁句。

○●○○　●●●○○▲

正船舣、流水孤村，似花绕、斜阳归路。

●○●　○●○○　●○●　○○○▲

甚荒沟、一片凄凉，载情不去载愁去。

●○○　●●○○　●○●●●○▲

长安谁问倦旅，羞见衰颜借酒，飘零如许。

○○○●●▲　○●○○●●　○○○▲

谩倚新妆，不入洛阳花谱。

●●○○　●●●○○▲

为回风、起舞尊前，尽化作、断霞千缕。

●○○　●●○○　●●●　●○○▲

记阴阴、绿遍江南，夜窗听暗雨。

●○○　●●○○　●○○●▲

三四　天净沙

元曲牌名。《太平乐府》注：越调。又名《塞上秋》。单调二十八字，五句三平韵、一叶韵。

天净沙·宴送辛德明

香螺扇贝毛花，带鱼梭蟹爬虾，京酒千杯浪下。
五湖四海，东西南北为家。

天净沙·莲雾果——台湾游（四）

随上海老教授台湾岛旅游团，游经台南屏东

台南海角大涯，屏东小店农家，扑通[1]莲雾落下。
妖桃艳果，新枝老树繁花。

① 扑通：指莲雾，当地人有时也叫“扑通”（因其果实掉落到地上时发出“扑通”的声音）。

例词　白朴《天净沙·秋》

《全元散曲》

孤村落日残霞，轻烟老树寒鸦，一点飞鸿影下。叶韵

⊙○●●○△　○○●●○△　●●○○●▲

青山绿水，白草红叶黄花。

◎○⊙●　●○○◐○△

又一体　单调二十八字，五句三平韵、两叶韵。一、二句以对仗为宜。四句第五字宜用“去”声，第六字宜用“上”声，五句第四字亦宜用“去”声。此调以此词最为著名。

天净沙·贺岁曲

太平盛世中华，小康经济人家，迅速腾飞快马。
神州如画，瑞年香雪梅花。

天净沙·松川海鲜客宴

黄鱼赤贝银花，白螺红蟹青虾，大曲金门不假。
酒醇闲话，趣谈今古中华。

天净沙·无锡午餐日本料理

刺身铁板煎虾，寿司汤酢樱花，黑白青红素雅。

席间不暇，主餐前菜香茶。

天净沙·陆志强榕港退休宴

笋壳蚬仔龙虾，蒜蓉青菜凉瓜，普洱香浓甚雅。
退休趣话，鹄鸿飞越天涯。

天净沙·家宴

九江同学小聚

篱蒿蛋炒椿芽，鮆鱼[①]油爆河虾，御膳茅台助雅。
不能欲罢，九江桌上精华。

① 鮆鱼：鮆，读作 cǐ。《说文》：饮而不食刀鱼也。九江有之。俗称长江刀鱼、毛花鱼、野毛鱼、梅鲚。

天净沙·花山谜窟[①]

花山谜窟遗痕，凿岩摩刻疑纹，古越奇观洞隐。
想猜却困，穴居仓库屯军？

① 花山谜窟：原称“古徽州石窟群”，位于安徽省黄山市中心城区（屯溪）篁墩至歙县雄村之间。

天净沙·春境

次韵胡一兵《天净沙·海边春境》

天蓝日丽风清，海滩排浪鸥鸣，叶绿花红美景。
游人境靓，佛心禅意空明。

天净沙·清明

山高日丽云清，水长天暖空明，柳绿桃红弄景。
蜂喧蝶应，卷帘春意浓情。

天净沙·烟水亭

甘棠柳岸啼莺，古城烟水廊亭，九曲穿时应景。
周郎顾听，小乔纤指弦声。

天净沙·魔鬼城[①]——新疆游（五）

次韵马致远《天净沙·秋思》

大鹏展翅飞鸦，小猴摇尾风沙，戈壁迷途野马。
吴哥窟下，鬼城边塞无涯。

① 魔鬼城：新疆克拉玛依魔鬼城，北距奇台县城约 110 千米处有一经过长期风蚀而形成的规模宏大、气势雄伟的风蚀奇特景观，被人们称为魔鬼城。

例词 马致远《天净沙·秋思》

《钦定词谱》卷一下

枯藤老树昏鸦，小桥流水平沙，古道凄风瘦马，叶韵
⊙⊙●●○△ ●○○●○△ ●●○○●▲
夕阳西下叶韵 断肠人在天涯。
◎○⊙▲ ●○○●○△

三五　昼 夜 乐

双调九十八字，前片八句六仄韵，后片八句五仄韵。此调创自柳永。

昼夜乐·清明会友

九江聚会甘棠畔，恰清明、寒难断。
刚离不定阴晴，又进无常冷暖。
烟水茫茫湖面远，望天边、对斜阳晚。
残照映庐山，渡云飞啼雁。

高中下放全班乱，北南离、东西散。
有缘老友重逢，莫使金樽空盏。
乘醉吟歌斟酒满，入嘉景、似年华换。
谈往事今生，笑随春风伴。

例词　柳永《昼夜乐·洞房记得初相遇》

《钦定词谱》卷二六上

洞房记得初相遇，便只合、长相聚。

何期小会幽欢，变作离情别绪。
○○●●○○　◎●◎○⊙▲
况值阑珊春色暮，对满目、乱花狂絮。
◎◎○⊙○◎▲　●◎◎　◎○⊙▲
直恐好风光，尽随伊归去。
◎●●○○　●⊙⊙○▲

一场寂寞凭谁诉，算前言、总轻负。
◎○◎●○○▲　●○○　◎○▲
早知恁地难拚，悔不当初留住。
◎○●●○○　◎●○○⊙▲
其奈风流端正外，更别有、系人心处。
⊙●○⊙○◎●　◎◎◎　●⊙○▲
一日不思量，也攒眉千度。
◎●●○○　●○○⊙▲

三六　忆秦娥

双调四十六字，前后片各五句，三仄韵、一叠韵。

忆秦娥·姑塘（一）（新韵）

庐山下，鄱阳湖畔孤山那。
孤山那，千帆竞渡，万船争发。

晚风归棹歇舟岔，星光樯火沙头坝。
沙头坝，物流吴楚，货分华夏。

忆秦娥·姑塘（二）

孤山秀，鄱阳湖畔涛声奏。
涛声奏，一行白鹭，两堤青柳。

十湾万户门前后，千帆百货东西走。
东西走，南来北渡，楚头吴首。

忆秦娥·姑塘（三）

孤山诉，鄱湖拍岸涛声怒。

涛声怒，冷烟衰草，柳枯残树。

挖沙损毁来船恶，引资污染招商误。
招商误，似强如盗，拆房迁户。

忆秦娥·庚和里[①]

浔庐后，庚和里弄家门口。
家门口，甘棠湖靓，水边亭秀。

李公堤[②]浪烟拖柳，匡庐倒影云中走。
云中走，夕阳斜照，晚霞红透。

① 庚和里：位于江西省九江市环城路，浔庐餐厅后。② 李公堤：长庆二年（822 年）12 月江州刺史李渤截南陂筑堤蓄水为湖，使南门湖一分为二。又立斗门以蓄泄水势。后人为了纪念李渤，遂以德方召伯，将北面一湖命名为甘棠湖，堤名李公堤。李公堤至今近 1196 年。

忆秦娥·湓浦口[①]

湓浦口，天涯沦落琵琶奏。
琵琶奏，江洲司马，泪湿衫袖。

东吴点将台[②]依旧，李公堤岸垂烟柳。
垂烟柳，甘棠湖美，牯岭山秀。

① 湓浦口：湓水流至长江入口处，在江西省九江市西。据载，白居易作《琵琶行》即在此。② 点将台：又称烟水亭，位于九江市长江南岸的甘棠湖中，相传为三国时名将周瑜的点将台故址。

例词　李白《忆秦娥·箫声咽》

《钦定词谱》卷五下

箫声咽，秦娥梦断秦楼月。
⊙⊙▲　⊙○◎●○○▲
秦楼月，叠句 年年柳色，灞陵伤别。
○○▲　　⊙⊙◎◎　◎⊙○▲

乐游原上清秋节，咸阳古道音尘绝。
◎○⊙●⊙○▲　⊙○◎●○○▲
音尘绝，叠句 西风残照，汉家陵阙。
○○▲　　⊙○⊙●　◎⊙○▲

三七　喝火令

双调六十五字，前片五句三平韵，后片七句四平韵。

喝火令·红烧肉

和网友词

看似珊瑚烩，分明玛瑙雕。五花方寸太妖娆。
满屋绕梁馨透，吃肉爱红烧。

入口无穷味，香酥细品挑。糯绵醇嫩独风骚。
想着还馋，想着怕三高。
想着管它油酱，肥胖与苗条。

喝火令·新年

岁月眉间去，风云指上弹。舞时歌处自悠闲。
添得几根银发，回首又新年。

薄酒千杯乐，浓情万里欢。楚天吴水尽开颜。
浅醉宁城，浅醉沪东园，
浅醉大江南北，淡雅亦飘然。

喝火令·读史

直立人猿别，初知猎火耕。石头言语旧新更。
烧写史前陶艺，铜铁夏传清。

五帝三皇事，千秋万代评。寇王成败浪涛惊。
读罢难平，读罢解风腥。
读罢一头迷雾，对错本无凭。

喝火令·人生百年①

懵懂层层雾，青春淡淡云。历经风雨苦耕耘。
人事变迁南北，而立是非分。

不惑知天命，还乡致政勤。杖朝鲐背笑声闻。
百岁顽童，百岁更精神。
百岁再加三五，返璞自归真。

① 人生百年：幼年、青少年、而立之年（30岁）、不惑之年（40岁）、知命之年（50岁）、还乡之年（60岁）、致政之年（70岁）、杖朝之年（80岁）、鲐背之年（90岁）、期颐之年（100岁）、花甲重开（120岁）、古稀双庆（140）。

喝火令·王、寇与诗

汉祖长风赋[①]，明宗古刹题[②]。闯王[③]天父[④]七言词。
休问出身何处，青史最无私。

马上争天下，英雄尽解诗。浪淘今古各传奇。
一笑能亡，一笑解安危。
一笑世间褒贬，不负百年时。

①“汉祖”句：汉高祖刘邦曾赋《大风歌》。②“明宗”句：明朝开国皇帝朱元璋在一次征战凯旋归来，微服私访夜宿古刹，晚上与老僧交谈后，清晨题诗而去。③ 闯王：明末农民起义领袖李自成。④ 天父：太平天国领袖洪秀全。

喝火令·狂醉

举酒青云上，迎风玉宇间。九天银汉落樽前。
遥看众生烟火，蓝色似尘丸。

五谷千杯少，三种一起干。得来豪兴近狂癫。
醉矣今朝，醉矣夜蹒跚。
醉矣拂衣归去，斗转月西偏。

喝火令·校缘

为复旦朋友郑子常同学聚会“相识相知五十周年”题

岁月眉间去，风云指上弹。校花才子话当年。
添得满头银发，回首亦安然。

五十周年庆，三生有幸缘。笑言情怨酒杯干。
复旦云卿，复旦燕曦园。
复旦旦兮重聚，百岁又红颜。

喝火令·迎新年

系统屏中过，流程网上编。汽车环保最前沿。
调试目标新板，神箭待弓弦。

已觉春风动，更添岁月欢。跨年钟响报平安！
笑看城乡，笑看市区间。
笑看水清山秀，回首忆当年。

喝火令·迎新年

圣诞开心过，新春喜庆还。跨年钟响报平安！
来电视频微信，忙里更偷闲。

薄酒千杯乐，浓情万里欢。楚山吴水笑开颜。

网上谈心，网上论当年。
网上大江南北，叙旧又聊天。

喝火令·如东[①]迎春

月上如东夜，杯斟海岸边。七星摇斗北天悬。
潮涨野滩堤外，车到早春前。

再品鱼虾蟹，重尝蛤贝鲜。众人豪兴更飘然。
忘了醒时，忘了醉蹒跚。
忘了舞时歌处，一路带春还。

① 如东：隶属于南通市，位于江苏省东南部、长江三角洲北翼，东面和北面濒临南黄海。

喝火令·送王正夫[①]

苦短人生乱，纷繁世事忧。大江东去不回头。
成败付诸谈笑，何用说风流？

昨日浮云涌，今朝逝水收。一程欢喜一程愁。
笑里风尘，笑里拂春秋。
笑里世间凡气，驾鹤去西楼。

① 王正夫：我的高中同学，英年早逝。

喝火令·忆屈原

次韵黄庭坚《喝火令·见晚情如旧》

麦熟春将尽，梅黄夏渐深。石榴妖艳醉花心。
天问九歌[①]声动，千里楚乡寻。

揽辔澄清[②]意，芬芳满袖襟。美人香草梦难禁。
独向湘江，独向汨罗沉。
独向月星西去，求索唤知音。

① 天问、九歌：指屈原作品《天问》《九歌》。② 揽辔：拉住马缰。澄清，平治天下。表示更新政治、澄清天下的抱负。

喝火令·乘飞机——台湾游（一）

CA195 航班从上海浦东机场飞往台湾桃源机场

万米蓝空上，红尘世外天。卷帘机翼看窗前。
云下众生烟火，河岳似泥丸。

两岸春光早，环游梦更圆。组团来岛喜相传。
笑指台湾，笑指海中间。
笑指水清山秀，着陆是桃源！

喝火令·雪

次韵网友《喝火令·雪》

素女琼楼唤，青娥玉宇呼。御街传旨得银符。
犹听七弦三弄，环佩过庭除。

一袭轻纱漫。千城白雪书，蝶飞花舞见春姑。
笑里梅开，笑里蕊红徐。
笑里暗香飘处，万物已芳苏。

喝火令·新春游世茂滨江花园

老有所乐新春游赠朋友果果、维维安词。

眼底春申岸，空临浦水边。日升东海照窗前。
三看玉楼书剑，金茂指云天。

果果滨江乐，维维世茂安。法中相印子孙欢。
老有容颜，老有闰新年。
老有健康身体，寿也比南山。

喝火令·贺沈鞍钢生日宴

次韵黄庭坚《喝火令·见晚情如旧》

茉莉春芳早，熏风夏渐深。紫藤双侣①话中心。
环佩玉盘杯霭，还历②寿星寻。

泼墨澄清意，挥毫汗湿襟。静源[3]书法兴难禁。
好酒琼浆，好酒液香沉。
好酒贵州神韵，老友遇知音。

① 紫藤双侣：指崔玉忠的一幅写意花鸟画，画中蜿蜒攀缘的一树紫藤花下，一对丹顶鹤自由行走。② 还历：六十岁。③ 静源：指书法家陆静源。

例词　黄庭坚《喝火令·见晚情如旧》

《钦定词谱》卷一四下

见晚情如旧，交疏分已深。舞时歌处动人心。
●●○○●　○○●●△　●○○●●○△
烟水数年魂梦，无处可追寻。
○●●○○●　○●●○△

昨夜灯前见，重题《汉上襟》。便愁云雨又难寻。
●●○○●　○○　●●△　●○○●●○△
晓也星稀，晓也月西沉，
●●○○　●●●○△
晓也雁行低度，不会寄芳音。
●●●○○●　●●●○△

三八　行 香 子

双调六十六字，前后片各八句五平韵。

行香子·三清山[①]

孤柱擎空，峭壁盘龙。原生态、绝景奇峰。
飞泉溶洞，云海苍松。望远山迭，近山翠，雾山朦。

三清收尽，五岳之风。自然间、鬼斧仙工。
游人意醉，造物情浓。叹玉京险，玉华峻，玉虚雄。

① 三清山：三清山又名少华山、丫山，位于江西省上饶市玉山县与德兴市交界处。因玉京、玉虚、玉华三峰宛如道教玉清、上清、太清三位尊神列坐山巅而得名。

行香子·西海岸[①]

栈道凌空，玉带盘龙。倚天路、鬼斧神工。
悬崖咫尺，绕壁千重。正忽儿惊，忽儿险，忽儿瞢。

山从人面，雾傍苍松。览三清、境界无穷。
禅诗画意，天地情浓。任瞰云海，观仙景，望奇峰。

① 西海岸：又称西海栈道，位于三清山西部。据说三清山曾经三次被海水淹没，西海岸就是当年的海岸线。

例词　秦观《行香子·树绕村庄》

《钦定词谱》卷一四下

树绕村庄，水满陂塘，倚东风、豪兴徜徉。
●●○△　●●○△　●○○　○●○△
小园几许，收尽春光，有桃花红，李花白，菜花黄。
●○●●　○●○△　●○○○　●○●　●○△

远远苔墙，隐隐茅堂，扬青旗、流水桥傍。
●●○△　●●○△　●○○　○●○△
偶然乘兴，步过东岗，正莺儿啼，燕儿舞，蝶儿忙。
●○○●　●●○△　●○○○　●○●　●○△

三九　贺新郎

又名《金缕曲》《乳燕飞》。双调一百十五字，前后片各十句六仄韵。

贺新郎·兰亭序[①]

兰渚山阴[②]谷，暮春初、清溪映带，茂林修竹。
东晋永和年癸丑，书圣群贤至熟。
共畅叙、幽情雅俗。
一咏一杯修禊[③]乐，任漂浮、曲水流觞[④]复。
只慨叹，岁时速。

羲之集序兰亭录，似行云、更如流水，墨香芳馥。
细看取空灵疏淡，遒媚刚柔直曲。
又却是、参差无束。
字字平和随笔处，点曳裁成鼠须[⑤]轻触。
蚕纸[⑥]上，洒珠玉。

① 兰亭序：东晋永和九年（353年）三月三日，王羲之与谢安、孙绰等四十一位军政高官，为禊事活动，在兰亭宴集，会上各人作诗，《兰亭序》是王羲之为他们的诗写的序文。王羲之后被尊为书圣，兰亭也就成了书法圣地。② 兰渚山阴：指绍兴市

南二十五里，即晋王羲之曲水赋诗处。③ 修禊：禊，读作 xì。古时习俗，于阴历三月上旬的巳日（魏以后定为三月三日），人们群聚于水滨嬉戏洗濯，以祓除不祥和求福。实际上这是古人的一种游春活动。④ 曲水流觞：用漆制的酒杯盛酒，放入弯曲的水道中任其漂流，杯停在某人面前，某人就引杯饮酒。这是古人一种劝酒取乐的方式。⑤ 鼠须：这里指定是用家鼠鬓须制成的笔，笔行纯净顺滑、尖锋，写出的字体以柔带刚。⑥ 蚕纸：所谓蚕纸，并非蚕茧所造的纸，而是用楮树皮加工制成的，其纸色浅黄类似茧丝。王羲之《兰亭序》即以此种纸和上述鼠鬓笔写成。

例词　苏轼《贺新郎·乳燕飞华屋》

《钦定词谱》卷三六下

乳燕飞华屋，悄无人、槐阴转午，晚凉新浴。
●●○○▲　●○○　○○●●　●○○▲
手弄生绡白团扇，扇手一时似玉。
●●○○●○●　●●●○●▲
渐困倚、孤眠清熟。
●●●　○○○▲
帘外谁来推绣户？枉教人、梦断瑶台曲。
○●○○○●●　●○○　●○○○▲
又却是，风敲竹。
●●●　○○▲

石榴半吐红巾蹙，待浮花浪蕊都尽，伴君幽独。
●○●●○○▲　●○○●●○●　●○○▲

秾艳一枝细看取，芳意千重似束。

○●●○●●●　○●○○●▲

又恐被、西风惊绿。

●●●　○○○▲

若待得君来向此，花前对酒不忍触。

●●●○○●●　○○●●●●▲

共粉泪，两簌簌。

●●●　●●▲

四〇　点绛唇

双调四十一字，前后片各五句四仄韵。

点绛唇・临虹路[①]

公司临时租借办公地

红色蜻蜓，温州鞋户[②]，临虹驻。
客租初住，追梦飞经处。

又到张江，春晓园区路，重回顾。
短亭长步，再向高攀去。

① 临虹路：上海市长宁区临虹路。② 温州鞋户：临虹路128弄6号楼为红蜻蜓鞋业驻地。

点绛唇・融资

浦东张江高科园区

二次融资，急招新募，增投股。
幻灯回顾，春晓临虹路。

清洁能源，排放低烟度，颗粒数。

国三欧五，绿色无尘雾。

例词　苏轼《点绛唇·庚午重九》

《钦定词谱》卷四上

此词前片第二句本七字句，但于第四字藏一韵，可作两句。

不用悲秋，今年身健，还高宴。
●●○○　○○○▲　○○▲
江村海甸，总作空花观。
○○●▲　●●○○▲

尚想横汾，兰菊纷相半，楼船远。
●●○○　○●○○▲　○○▲
白云飞乱，空有年年雁。
●○○▲　○●○○▲

又一体　双调四十一字，前片四句三仄韵，后片五句四仄韵。

例词　冯延巳《点绛唇·荫绿围红》

《钦定词谱》卷四上

荫绿围红，飞琼家在桃源住。
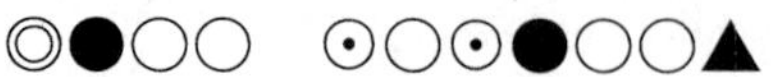

画桥当路，临水开朱户。

◎○⊙▲　⊙●○○▲

柳径春深，行到关情处，颦不语。

◎●⊙○　⊙●○○▲　⊙◎▲

意凭风絮，吹向郎边去。

◎○⊙▲　⊙●○○▲

四一　南歌子

双调五十二字，前后片各四句三平韵。

南歌子·评审会

小雨秋天意，清风白露凉。
晚餐街井饭难香，
酒店停车无序、更添忙。

预审三方会，初查半日长。
被评难免一言堂，
真假是非曲直、待商量。

南歌子·大漠

次韵杨无咎《南歌子·彩缕牵肠断》

大漠蓝天阔，长河落日圆。
夕阳斜照晚空穿。
更夜一轮明月、解尘缘。

塞雁轻揉臂，雄鹰碎抖肩。
草原千里赶云烟。

裙袂飞扬梦里、舞翩联。

南歌子·和罗家郛

次韵杨无咎《南歌子·彩缕牵肠断》

竹翠风听韵，人闲月缺圆。
山中泉水石间穿，
雾里红尘世界、任凡缘。

赋句同醒目，填词共并肩。
功名利禄总随烟。
唯有千年唐宋、古今联。

南歌子·再和罗家郛

次韵杨无咎《南歌子·彩缕牵肠断》

昨日浔阳韵，今天上海圆。
清明时节沪浔穿。
十里春风同学、有诗缘。

藕孔空无处，莲花日月肩。
桃园好汉步青烟，
司马江州陶令、北南联。

南歌子·回沪

俄罗斯—北欧四国之行回沪更夜于航班上
次韵吕本中《南歌子·旅思》

翼外空侵月，窗舷露带霜。
夜残天短斗参黄[1]。
万里机飞东去、晓更阳。

旅友今圆梦，同游自此长。
思留相处好时光。
更愿平安回沪、夏天凉。

① 斗参黄：参回斗转，指夜深。参，参星；斗，北斗星。

南歌子·大漠孤烟直

与给钟祖基[1]赠新书《长河落日》

大漠孤烟直，长河落日圆。
夕阳斜照古今穿。
雾里红尘世界、任凡缘。

驿站醒同醉，行舟梦并肩。
不言柳岸好风烟。
只道青山流水、对长联。

① 钟祖基：我的同学，是一位作家。

南歌子·天下风流饼

在刘晓云家聚会时吃刘家馒头和煎饼

天下风流饼，人间济楚馒。
高桩呛面粉缠绵。
绿色农家厨艺、北南传。

百镒黄金色，双桥白玉颜。
香甜脆软韧松弹。
似有麻田苏轼、古今缘①。

① 此句意指苏轼《约吴远游与姜君弼吃蕈馒头》一首七绝："天下风流笋饼餤，人间济楚蕈馒头。事须莫与谬汉吃，送与麻田吴远游。"此诗中的麻田即麻田居士，指吴远游。

例词　杨无咎《南歌子·彩缕牵肠断》

《杨无咎诗词集》

彩缕牵肠断，明珠暗滴圆。
◎◎○⊙●　○○◎●△
从头颗颗手亲穿。
⊙○◎●●○△
寄与仙卿同结、此生缘。
◎●◎○⊙●　●○△

和串拢瑜臂，连云坠雪肩。
◎●○○●　○○●●△
循环密数对沉烟。
◎○⊙●●○△
似我真情不断、永相联。
◎●⊙○⊙●　●○△

四二　声声慢

双调九十七字，前片十句四平韵，后片九句四平韵。

声声慢·楼前建筑工地噪声

楼前建筑，窗外施工，全然不顾民声。
拂晓凌晨，传来一片噪声。
那堪压桩钻孔，最难听、泵灌浆声。
更刺耳，汽车催卸货，鸣喇叭声。

谁管灰沙碎石，水泥输送罐，搅拌机声？
谁问黄昏，钢材电弧焊声？
诉谁一天到晚，晃啷啷、开吊车声？
这次第，怎不会、抱怨声声？

例词　蒋捷《声声慢·黄花深巷》

《唐宋词格律》九四

黄花深巷，红叶低窗，凄凉一片秋声。
⊙○⊙●　⊙●○○　○⊙◎●○△
豆雨声来，中间夹带风声。
◎●○○　○⊙◎●○△

疏疏二十五点，丽谯门、不锁更声。

⊙○●◎●●　●⊙○　◎●○△

故人远，问谁摇玉佩，檐底铃声。

◎⊙●　●⊙○◎●　⊙●○△

彩角声吹月堕，渐连营马动，四起笳声。

◎●○○◎●　●⊙○◎●　◎●○△

闪烁邻灯，灯前尚有砧声。

◎●○○　○⊙◎●○△

知他诉愁到晓，碎哝哝、多少蛩声。

⊙○●⊙●●　●⊙○　⊙●○△

诉未了，把一半、分与雁声。

◎◎●　●◎◎　○●●△

四三　人 月 圆

双调四十八字，前片五句两平韵，后片六句两平韵。

人月圆·国庆又重阳

千门笑语红旗展，国庆又重阳。
黄花调酒，青霜染叶，白发添香。

登高十一，踏秋九九，地久天长。
太平盛世，莺歌燕舞，共祝辉煌。

例词　王诜《人月圆·元夜》

《钦定词谱》卷七上

小桃枝上春来早，初试薄罗衣。
◎○⊙●○○●　⊙●●○△
年年此夜，华灯竞处，人月圆时。
⊙○◎●　○○◎●　⊙●○△

禁街箫鼓，寒轻夜永，纤手同携。
◎○⊙●　⊙○◎●　⊙●○△
夜阑人静，千门笑语，声在帘帏。
◎○⊙●　○○◎●　⊙●○△

四四　木 兰 花

又名《玉楼春》《减字木兰花》《木兰花令》等，唐教坊曲，《金奁集》入“林钟商调”。木兰花，双调五十六字，前后片各四句三仄韵。木兰花令，双调五十五字，前片五句三仄韵，后片四句三仄韵。减字木兰花，双调四十四字，前后片各四句，两仄韵、两平韵。

木兰花·为人师表

东南西北行程漫，春夏秋冬书万卷。
为人解惑答疑难，处事相逢先礼劝。

诗情古韵清风伴，词赋新歌香墨翰。
闲观过眼彩云烟，笑看沉浮风雨变。

例词　李煜《木兰花·晚妆初了明肌雪》
《钦定词谱》卷一二上

晚妆初了明肌雪，春殿嫔娥鱼贯列。
◎○⊙●○○▲　○●○○○●▲
凤箫声断水云间，重按霓裳歌遍彻。
●○○●●○○　○●○○○●▲

临风谁更飘香屑。醉拍阑干情未切。
⊙○⊙●○○▲　●●○○○●▲
归时休放烛花红，待踏马啼清夜月。
○○○●●○○　●●●○○●▲

减字木兰花·重阳

金秋九九，姐妹弟兄加校友。
不老人生，同饮同歌总是情。

韶年堪恋，今日笑声成一片。
共度重阳，纵隔千山万水长。

减字木兰花·陶瓷考辨[①]

参加此书新书发布会

陶瓷考辨，盛会空前曾少见。
上海三联，图解中华非语言。

器型符号，装饰内涵同鉴宝。
似罄如弦，今日群贤齐奏弹。

① 陶瓷考辨：指《陶瓷考辨览要》。许国良、吴元浩著，上海三联出版社 2013 年 8 月出版。

例词　韦庄《木兰花令·独上小楼春欲暮》

《钦定词谱》卷一一下

独上小楼春欲暮，愁望玉关芳草路。
●●●○○●▲　⊙●◎○○●▲
消息断，不逢人，却敛细眉归绣户。
○●●　●○○　●◎◎⊙○◎▲

坐看落花空叹息，换韵 罗袂湿斑红泪滴。
◎◎●⊙○◎▲　⊙●◎○○●▲
千山万水不曾行，魂梦欲教何处觅？
○○◎●●○○　⊙◎◎⊙○◎▲

例词　欧阳修《减字木兰花·歌檀敛袂》

《钦定词谱》卷五上

歌檀敛袂，缭绕雕梁尘暗起。
⊙○◎▲　⊙●⊙○○●▲
柔润清圆，百琲明珠一线穿。
⊙●○△　◎●○○◎●△

樱唇玉齿，换仄韵 天上仙音心下事。
⊙○◎▲　⊙●⊙○○●▲
留住行云，换平韵 满座迷魂酒半醺。
⊙●○△　◎●○○◎●△

四五　清 平 乐

双调四十六字，前片四句四仄韵，后片四句三平韵。

清平乐・经济低迷

东瀛核乱[①]，纽约游行患。
共体欧州都是怨，改革呼声不断。

世界衰退寒流，全球苏复难求。
华夏宏观应变，炎黄未雨绸缪。

① 东瀛核乱：北京时间 2011 年 3 月 11 日 13 时 46 分，日本发生 9.0 级地震并引发高达 10 米的强烈海啸，导致东京电力公司下属的福岛核电站事故。

清平乐・回同学自嘲

自嘲自戏，说尽平生意。
不仅没心还没肺，惹得言行无忌。

无缘独善其身，有缘兼济他人。
悦色和颜实在，爱憎泾渭明分。

清平乐·遥祝重阳会

金风玉露，今又重阳度。
云向九江听笑语，心在酒香归处。

劝君一起干杯，莫嫌千里相催。
遥祝尊前见在，登高寿比天齐。

例词　李白《清平乐·禁闱清夜》

《钦定词谱》卷五下

禁闱清夜，月探金窗罅。
◎⊙⊙▲　◎●○○▲
玉帐鸳鸯喷兰麝，时落银灯香灺。
◎●⊙○○⊙▲　⊙●⊙○⊙▲

女伴莫话孤眠，六宫罗绮三千。
◎●◎●○△　◎⊙⊙●⊙△
一笑皆生百媚，宸游教在谁边。
◎●⊙○◎●　⊙⊙⊙●○△

四六　河　　传

双调五十四字，前片七句四仄韵、三平韵，后片七句三仄韵、四平韵。

河传·朋友姚聪

天暮，微雨，姚聪到沪，急邀何处？
浦西深巷醉旗斜，酒吧，路边头一家。

几年创业稍微发，十分阔，醉里还吹说：
背光灯，彩色屏，液晶，品牌多盛行？

例词　辛弃疾《河传·春水》

《钦定词谱》卷一一

春水，千里，孤舟浪起，梦携西子。
○▲　○▲　○○●▲　●○○▲
觉来村巷夕阳斜，几家，短墙红杏花。
●○○●●○△　●△　●○○●△

晚云做造些儿雨，换仄韵 折花去，岸上谁家女？
●○●●○○▲　　●○▲　●●○○▲

太狂颠，换平韵 笑那边，柳绵，被风吹上天。
●○△　　　●●△　●△　●○○●△

又一体　双调五十五字，前片七句四仄韵、三平韵，后片六句三仄韵、两平韵。

河传·蝴蝶效应①

华夏，欧亚。纵观天下，山水相连。
舞台歌榭，蝴蝶扇翅翩翩，一场风暴前。

西方债务危机蔓，希腊怨，就业游行乱。
复苏衰退？经济涌动寒流，早绸缪。

① 蝴蝶效应：由美国气象学家爱德华·罗伦兹于1963年提出。意指事物发展的结果，对初始条件具有极为敏感的依赖性，初始条件的极小偏差，都将可能引起结果的极大差异。

例词　李珣《河传·春暮》

《钦定词谱》卷一一

春暮，微雨，送君南浦，愁敛双蛾。
○▲　○▲　●○○▲　○●○△
落花深处，前仄韵 啼鸟似逐离歌，前平韵 粉檀珠泪和。
●○○▲　　　○●●●○△　　　●○○●△

临流更把同心结，换仄韵 情哽咽，后会何时节？

○○●●○○▲　　　○●▲　●●○○▲

不堪回首，相望已隔汀洲，换平韵 舻声幽。

●○○●　○●●●○△　　　●○△

四七 眼儿媚

双调四十八字，前片五句三平韵，后片五句两平韵。

眼儿媚·雪梅

冬日非时艳亭亭，身似玉雕成。
蝶黄蜂粉，兼桃比杏，俏丽香清。

天生傲骨风霜耐，素影伫寒冰。
孤芳媚在，枝头雪上，笑把春迎。

例词　左誉《眼儿媚·楼上黄昏杏花寒》
《钦定词谱》卷七上

楼上黄昏杏花寒，斜月小阑干。
○●○○●○△　⊙●●○△
一双燕子，两行归雁，画角声残。
◎○◎●　◎○⊙●　◎●○△

绮窗人在东风里，洒泪对春闲。
◎○⊙●○○●　◎●●○△
也应似旧，盈盈秋水，淡淡青山。
◎○◎●　⊙○⊙●　◎●○△

四八　永遇乐

双调一百零四字，前后片各十一句，四仄韵。

永遇乐·忆兔年

除夕钟声，喜迎龙马，欢送仙兔。
广袖清歌，留连不愿，万里婵宫去。
月河银汉，琼楼玉宇，相伴素娥三五。
忆辛卯、红尘醉梦，凡间四季之旅。

云溪竹径，苏堤烟柳，芳景春情如许。
夏绿秦淮，荷风蝉语，莲藕花深处。
九江秋色，千山红叶，金桂飘香吴楚。
看冬日、冰封北国，漫天雪舞。

例词　苏轼《永遇乐·明月如霜》

《钦定词谱》卷三二下

明月如霜，好风如水，清景无限。
⊙●○○　◎○⊙●　⊙◎○▲
曲港跳鱼，圆荷泻露，寂寞无人见。
◎●○○　⊙○◎●　◎●○○▲

纨如三鼓，铿然一叶，黯黯梦云惊断。
◎○◎●　⊙○◎●　◎●◎○⊙▲
夜茫茫、重寻无处，觉来小园行遍。
◎○⊙　○○⊙●　◎⊙●⊙○▲

天涯倦客，山中归路，望断故园心眼。
⊙○◎●　⊙⊙⊙●　◎●◎○○▲
燕子楼空，佳人何在，空锁楼中燕。
◎●○○　⊙○⊙●　⊙●○○▲
古今如梦，何曾梦觉？但有旧欢新怨。
◎○⊙●　⊙⊙◎●　◎●◎○○▲
异时对、黄楼夜景，为余浩叹。
◎○◎　⊙⊙◎●　◎○●▲

四九　祝 英 台 近

又名祝英台令，双调七十七字，前片八句三仄韵，后片八句四仄韵。

祝英台令·除夕

换桃符，燃爆竹，梅雪闹黄浦。
辞旧迎新，龙送兔归去。
申城火树银花，不眠春晚，夜上海、笑声欢度。

幼时趣，除夕还福团圆，磬香祭宗祖。
共聚天伦，长辈吉祥语。
喜收父母红包，围炉守岁，却未解、千年风土。

例词　程垓《祝英台近·坠红轻》

《钦定词谱》卷一八上

坠红轻，浓绿润，深院又春晚。
●○○　⊙◎●　⊙●◎○▲
睡起恹恹，无语小妆懒。
◎●○○　⊙◎◎⊙▲

可堪三月风光，五更魂梦，又都被、杜鹃催趱。
◎⊙⊙●○○　◎○⊙●　◎⊙●　◎○⊙▲

怎消遣，人道愁与春归，春归愁未断。
●⊙▲　⊙◎⊙●○○　⊙⊙⊙◎▲
闲倚银屏，羞怕泪痕满。
⊙●○○　⊙◎◎○▲
断肠沉水重熏，瑶琴闲理，奈依旧、夜寒人远。
●⊙⊙●○○　⊙○⊙●　◎⊙◎　◎○⊙▲

又一体　双调七十七字，前片八句四仄韵，后片八句五仄韵。

祝英台近·雾霾

次韵岳珂[①]《祝英台近·北固亭》

雾烟霾，天地敛，空气暗尘占。
日月昏灰，沙暴旋风飐。
节能环保行情，不堪评鉴。忍还是，避遮污染。

梦中览，同上北固山亭，稼轩[②]正挥剑。
酒醒时迁，咫尺古今堑。
夜阑无月空沉，卷帘难掩，奈听彻、急更残点。

① 岳珂（1183—1243年），南宋文学家。岳飞之孙，岳霖之子。岳珂在《桯史》中提到他在镇江时曾为辛弃疾座上客。

② 稼轩：即辛弃疾（1140—1207年），字幼安，号稼轩。

例词　岳珂《祝英台近·北固亭》

《钦定词谱》卷一八上

澹烟横，层雾敛，胜概分雄占。
●○○　○●▲　○●●○▲
月下鸣榔，风急怒涛飐。
●●○○　●●●○▲
关河无限清愁，不堪临鉴。正霜鬓，秋风尘染。
●○●●○○　○○○●　●○●　○○○▲

漫登览，极目万里沙场，事业频看剑。
●○▲　●●○●○○　○○●○▲
古往今来，南北限天堑。
○●○○　●●●○▲
倚楼谁弄新声，重城正掩。历历数、西州更点。
●○○●○○　○○○▲　●●●　●○○▲

五〇 太常引

双调四十九字，前片四句四平韵，后片五句三平韵。

太常引·元夜

裁红剪绿扎神龙，正月闹顽童。
锣鼓响锵咚，舞灯夜、元宵更浓。

凌晨爆竹，升龙歇岸，飞上九天穹。
调雨顺时农，佑五谷、新年更丰。

例词　辛弃疾《太常引·仙机似欲织纤罗》
《钦定词谱》卷七下

仙机似欲织纤罗，仿佛度金梭。
⊙○◎●●○△　◎●●○△
无奈玉纤何，却弹作、清商恨多。
⊙●●○△　●⊙●　○○●△

珠帘影里，如花半面，绝胜隔帘歌。
⊙○◎●　⊙○◎●　◎●●○△
世路苦风波，且痛饮、《公无渡河》。
◎●●○△　◎◎●　○○●△

五一　鹧鸪天

双调五十五字，前片四句三平韵，后片五句三平韵。前片第三、四句与过片三言两句多作对偶。

鹧鸪天·春到

台架功能已达标，整车试验初调。
节油指数无穷尽，排放要求分外挑。

超国四[①]，过三高[②]，明朝把酒再相邀。
城中看客愁风雨，不识春来黄浦郊。

① 国四：乘用车排放标准。② 三高：是指乘用车高原、高寒、高温标定试验。

鹧鸪天·龙井茶

曲径清溪绿渐茵，枝头老却小桃唇。
茶乡茶土茶风韵，龙水龙山龙井村。

莺歇少，燕声闻，壬辰四月好时春。
岚霏出岫寻诗句，野色撩人迎客宾。

鹧鸪天·采石矶①

采石东西两面山，天门浪里几回旋。
锦袍醉着江中去，捉月骑鲸水云间。

唐太白，李青莲，行吟桥②上忆诗仙。
举杯对影邀明月，大雅遗风立岸边。

① 采石矶：采石矶遥对天门山，长江到此，水流被两山峭壁夹峙，更加湍急。李白著名的《望天门山》等诗篇写的就是这里的景色。采石矶的陡峭崖壁上有一块突出的石台，名捉月台，据传李白晚年曾酒醉跳江捉月，骑鲸上天。② 行吟桥：位于采石矶的南麓，这座桥与历代名人结下了不解之缘，他们吟诗题句，常在这里踱步，因此当地人称其为“行吟桥”。

例词　晏几道《鹧鸪天·彩袖殷勤捧玉钟》

《钦定词谱》卷一一下

彩袖殷勤捧玉钟，当年拚却醉颜红。
◎◎⊙⊙◎◎△　⊙○⊙●●○△
舞低杨柳楼心月，歌尽桃花扇影风。
◎○⊙●⊙○●　⊙●○○◎●△

从别后，忆相逢，几回魂梦与君同？
⊙◎●　●○△　◎○⊙●●○△
今宵剩把银釭照，犹恐相逢是梦中。
⊙○◎●○○●　⊙●○○◎●△

五二　踏 莎 行

双调五十八字，前后片各五句三仄韵。四言双起，例用对偶。

踏莎行·新年初五

初五春寒，新年数九，斜阳风暖霜条柳。
远程聚会正欢时，沪浔共饮三杯酒。

东面言长，西头话久，笑声铃响争先后。
一江春水解重来，匆匆岁月寻回首。

踏沙行·春游妙乐寺[①]

次韵寇准[②]《踏莎行·春暮》

杨柳飞花，春风已老，燕忙莺歇梅青小。
大千世界佛娑婆，小池妙乐神烟袅。

烟雨苍苍，梵钟杳杳，空间日月流光照。
分身千百示时人，天南地北怜花草。

① 妙乐寺：地处湖北省黄梅县小池镇北郊妙乐村。② 寇准

（961—1023年），字平仲，汉族，华州下邽（今陕西渭南）人。北宋政治家、诗人。

例词　晏殊《踏莎行·细草愁烟》

《钦定词谱》卷一三

细草愁烟，幽花怯露，凭阑总是消魂处。
◎●○○　⊙○◎▲　⊙○◎●○○▲
日高深院静无人，时时海燕双飞去。
◎○⊙●●○○　⊙○◎●○○▲

带缓罗衣，香残蕙炷，天长不禁迢迢路。
◎●○○　⊙○◎▲　⊙○◎●○○▲
垂杨只解惹春风，何曾系得行人住。
⊙○◎●●○○　⊙○◎●○○▲

五三　望江东

双调五十二字，前后片各四句四仄韵。

望江东·乡情

江水东头隔吴楚，望不见、江西路。
东西电话打来去，更不怕、江阑住。

新年又有乡情句，即兴写、随时赋。
手机屏上对传与，网群发、全分付。

例词　黄庭坚《望江东·江水西头隔烟树》
《钦定词谱》卷九上

江水西头隔烟树，望不见、江东路。
○●○○●○▲　●●●　○○▲
思量只有梦来去，更不怕、江阑住。
○○●●●○▲　●●●　○○▲

灯前写了书无数，算没个、人传与。
○○●●○○▲　●●●　○○▲
直饶寻得雁分付，又还是、秋将暮。
●○○●●○▲　●○●　○○▲

五四　十 六 字 令

又名《苍梧谣》《归字谣》。单调十六字，四句三平韵。

十六字令·九江

山

山。
拔地千重四百旋。
惊回首，落影大江边。

江

江。
万里迢迢逝水忙。
东流去，极目楚天长。

湖

湖。
八百烟波吞楚吴。
涛声里，浪下起匡庐。

乡

乡。

久别离家两鬓霜。

凭栏处，客影独彷徨。

例词　张孝祥《归字谣·归》

《钦定词谱》卷一上

归。

△

猎猎薰风卷绣旗。

◎●○○◎●△

拦教住，重举送行杯。

○○●　⊙●●○△

五五　钗头凤

双调六十字，前后片各十句七仄韵、两叠韵，两部递换，声情凄紧。

钗头凤·云烟柳

次韵陆游《钗头凤·红酥手》

多情手，重逢酒，故人楼外相思柳。
时空恶，千年薄。放翁[1]花絮，沈园萦索。
错！错！错！

香词旧，花笺瘦，锦书宣纸情难透。
钗头落，悲亭阁。唐琬心事，梦魂何托？
莫！莫！莫！

① 放翁：指陆游，字务观，号放翁。

钗头凤·肛瘘住院手术

中医就，情亲透，特需专治家人候。
刀钳用，棉纱弄。半身虽醒，半身难动。
梦，梦，梦。

方便后，涛声奏，企鹅台步来回秀。
如刑供，忧心重。药栓轻入，漏瘘残洞。
痛！痛！痛！

例词　陆游《钗头凤·红酥手》

《唐宋词格律》七四

红酥手，黄縢酒，满城春色宫墙柳。
○○▲　○○▲　●○○●○○▲
东风恶，欢情薄。一怀愁绪，几年离索。
○◎▲　⊙○▲　●◎○⊙　●○○▲
错！错！叠韵 错！叠韵
▲　▲　　▲

春如旧，人空瘦，泪痕红浥鲛绡透。
○○▲　⊙○▲　●○○●○○▲
桃花落，闲池阁。山盟虽在，锦书难托。
○○▲　●○▲　○◎○⊙　●○○▲
莫！莫！叠韵莫！叠韵
▲　▲　　▲

又一体　双调六十字，前后片各十句，三仄韵、四平韵、两叠韵。

例词　唐琬《钗头凤·世情薄》

《钦定词谱》卷一〇下

世情薄，人情恶，雨送黄昏花易落。
●○▲　○○▲　●●○○○●▲
晓风干，泪痕残。欲笺心事，独语斜阑。
●○△　●○△　●○○●　●●○△
难，难，叠韵　难。叠韵
△　△　　△

人成各，前仄韵　今非昨，病魂尝似秋千索。
○○▲　　○○▲　●○○●○○▲
角声寒，前平韵　夜阑珊。怕人寻问，咽泪妆欢。
●○△　　●○△　●○○●　●●○△
瞒，瞒，叠韵　瞒。叠韵
△　△　　△

五六　好 事 近

双调四十五字，前后片各四句两仄韵，以入声韵为宜。两结句皆上一、下四句法。

好事近·住院

住院一家忙，相伴十天朝夕。
为报健康痊愈，赋言留心得。

长年伏案在书前，无休息时刻。
闲暇举杯同饮，醉不知南北。

好事近·寒食九江归

次韵陆游《好事近·溢口放船归》

寒食九江归，财校几天酣宿。
天外两湖烟水，倒一山青绿。

只因好酒醉家门，乡情最知足。
深圳又空飞去，更匆匆南北。

例词　陆游《好事近·湓口放船归》

《全宋词》

湓口放船归，薄暮散花洲宿。
◎●●○○　◎●●○○▲
两岸白苹红蓼，映一蓑新绿。
◎●●○○●　●◎○○▲

有沽酒处便为家，菱芡四时足。
◎○◎●●○⊙　⊙◎●○▲
明日又乘风去，任江南江北。
⊙●●○○●　●⊙○○▲

五七　最 高 楼

双调八十一字，前片八句四平韵，后片八句两仄韵、三平韵。

最高楼·春归

清明节，乡里盼归期，宜早不宜迟。
乐天[①]诗句浔阳府，少陵[②]醒醉九江时。
笑声中，歌忐忑，舞华兹。

所到处、旅途休下雾，所到处、路途休下雨。
晴日照，暖风吹。
莺莺燕燕穿杨过，蜂蜂蝶蝶绕花飞。
水云间，烟柳岸，报春知。

① 乐天：白居易（772—846 年），字乐天，晚年又号香山居士。② 少陵：杜甫（712—770 年），字子美。因曾居长安城南少陵，后世称之为杜少陵。

例词 辛弃疾《最高楼·花知否》

《钦定词谱》卷一九上

花知否，花一似何郎，又似沈东阳。
○⊙● ⊙●●○△ ◎●●○△
瘦棱棱地天然白，冷清清地许多香。
◎○○●●○● ◎○○●●○△
笑东君，还又向，北枝忙。
●○○ ○●◎ ●○△

着一阵、霎时间底雪，更一个、缺些儿底月。
◎◎● ◎○○●▲ ●◎● ◎○○●▲
山下路、水边墙。前平韵
⊙◎● ●○△
风流怕有人知处，影儿守定竹旁厢。
○○●●○○● ◎○◎●●○△
且饶他，桃李趁，少年场。
●○○ ○●● ●○△

五八　踏 青 游

双调八十四字，前后片各九句六仄韵。

踏青游·乡归

三月清明，回浔日晴春好。
放眼处、柳烟芳草。
踏青游，乘高铁，节能环保。
和谐号，动车线型轻巧，动姐靓妆纤袅。

客旅天涯，何限远乡情扰。
念故里、思归梦绕。
望重山，飞驰去，时间分秒。
夕阳杳，嘉兴义乌过了，南昌九江还早。

例词　苏轼《踏青游·改火初晴》

《钦定词谱》卷二一上

改火初晴，绿遍禁池芳草。
◎●○○　◎◎●○○▲
斗锦绣、大城驰道。

踏青游，拾翠惜，袜罗弓小。
●○○　◎◎●　◎○⊙▲
莲步袅，腰肢佩兰轻妙，行过上林春好。
⊙◎▲　⊙⊙●○⊙▲　⊙●●○○▲

今困天涯，何限旧情相恼。
⊙●○○　⊙◎●○○▲
念摇落、玉京寒早。
●⊙●　◎○⊙▲
任关心，空目断，蓬山难到。
●○○　○◎●　○○○▲
仙梦杳，良宵又还过了，楼台万家清晓。
⊙◎▲　⊙⊙◎○◎▲　⊙⊙●◎○▲

五九 鹤冲天

双调八十四字，前片九句五仄韵，后片八句五仄韵。

鹤冲天·催归

春分节气，昼夜差无几。
新燕应双双，穿帘戏。
树暖熏风绿，莓苔满、青衣地。百卉争明媚。
九江好友，传短信催归挚。

东君若是随人意。弓弦如霹雳，飞卢骑。
假使和谐号，来得急、当天抵。再快航班递。
迢迢山水，恨无那时空隧。

例词 柳永《鹤冲天·闲窗漏永》

《钦定词谱》卷二一上

闲窗漏永，月冷霜华堕。
○○●● ◎●○○▲
悄悄下帘幕，残灯火。
◎●●○◎ ○○▲

再三追往事，离魂乱、愁肠锁。无语沉吟坐。
●⊙○◎●　○⊙●　○○▲　⊙●○○▲
好天好景，未省展眉则个。
●○◎●　◎●●○◎▲

从前早是多成破。何况经岁月，相抛亸。
○○●●○○▲　⊙◎○●●　○○▲
假使重相见，还得似、旧时么？悔恨无计那。
●●○○●　○●●　○○▲　●●○◎▲
迢迢良夜，自家只恁摧挫。
⊙○○●　●⊙●◎○▲

又一体　双调八十八字，前片九句六仄韵，后片九句五仄韵。

例词　柳永《鹤冲天·黄金榜上》
《钦定词谱》卷二一上

黄金榜上，偶失龙头望。
○○●▲　●●○○▲
明代暂遗贤，如何向？
○●●○○　○○▲
未遂风云便，争不恣游狂荡，何须论得丧。
●●○○●　○●●○○▲　○○○●▲

才子词人，自是白衣卿相。

○●○○　●●●○○▲

烟花巷陌，依约丹青屏障。

○○●●　○●○○○▲

幸有意中人，堪寻访。

●●●○○　○○▲

且恁偎红倚翠，风流事、平生畅。青春都一晌。

●●○○●●　○○●　○○▲　○○○●▲

忍把浮名，换了浅斟低唱。

●●○○　●●●○○▲

六〇　千 秋 岁

双调七十一字，前后片各八句五仄韵。

千秋岁·祭双亲

九江三月，郊外清明节。花正乱，莺啼咽。
深春苔满路，红杜鹃如血。
寒食祭，返乡扫墓归心切。

洒泪无声噎，亭子山陵阙。恩不忘，情难绝。
眼前犹梦见，耳畔还叮说。
今跪拜，上香扣首双亲别。

千秋岁·祭岳父母双亲

次韵秦观《千秋岁·柳边沙外》

九江郊外，三月寒消退。花正乱，莺啼碎。
回家千里路，游子乡音带。
寒食节，祭亲扫墓空悲对。

雨落眉间会，黄土山林盖。恩不忘，情长在。
眼前犹梦断，现实终难改。

同跪拜，上香叩首思成海。

千秋岁·清明

次韵谢逸[①]《千秋岁·夏景》

柳花飞砌，湖畔风吹细。晨雾散，棉飘起。
清明烟水暖，日照香庐翠。
蜂蝶倦，晓莺唤醒疏帘睡。

笔墨春风寄，歌舞阳光洗。灯火外，阑珊里。
相逢非草草，聚首匆匆袂。
回沪夜，列车一路沿江水。

① 谢逸（1068—1113 年），字无逸，号溪堂。宋代临川城南（今属江西省抚州市）人。北宋文学家，江西诗派二十五法嗣之一。

千秋岁·玉门关外——新疆游（九）

次韵秦观《千秋岁·柳边沙外》

玉门关外，西夏羌兵退。传令乱，飞蹄碎。
军营吹角起，战马嘶声带。
千嶂里，长烟落日孤城对。

大漠风沙会，征帐霜尘盖。人不寐，《秋思》在。
将军添白发，塞下愁难改。

家万里，衡阳雁断书沉海。

千秋岁·中国梦

次韵秦观《千秋岁·柳边沙外》

强军安外，顽敌知难退。顽匪乱，穷兵碎。
岛礁南海镇，古路丝绸带。
中国梦，小康社会初心对。

绿水青山会，净土蓝天盖。惊世界，豪情在。
发家同兴旺，致富贫寒改。
迎盛世，莺歌燕舞诗如海。

例词　秦观《千秋岁·柳边沙外》

《钦定词谱》卷一六下

柳边沙外，城郭轻寒退。花影乱，莺声碎。
◎○⊙▲　⊙●○○▲　⊙◎●　○○▲
飘零疏酒盏，离别宽衣带。
⊙○○●●　○●○○▲
人不见，碧云暮合空相对。
○◎●　◎○◎●○○▲

忆昔西池会，鸳鹭同飞盖。携手处，今谁在？
◎●○○▲　⊙●○○▲　⊙◎●　○○▲

日边清梦断，镜里朱颜改。
◎○○●●　◎●○○▲
春去也，落红万点愁如海。
○◎●　◎○◎●○○▲

六一　鹊 桥 仙

双调五十六字，前后片各五句两仄韵。

鹊桥仙·黄山

风神执笔，云仙泼墨，天地时空飞度。
书成浓淡锁刚柔，揽五岳、千峰汇聚。

黄山游罢，轩辕一梦，寻觅朱丹之路。
灵方复得见浮丘①，问白鹿、青牛②何处？

① 浮丘：古代汉族神话传说中的仙人，传说浮丘公曾来黄山炼丹峰炼得仙丹八粒，黄帝服其七粒，与浮丘公一起飞升而去。② 白鹿、青牛：相传白鹿是浮丘公当年驯化的，想来定然应该知晓仙人的灵秘；而在翠微寺左的溪边有一牛，形质迥异，通体青色，一樵夫欲牵回家中，忽然青牛入水，无影无踪。从此，那溪便称为青牛溪。

例词　欧阳修《鹊桥仙·月波清霁》

《钦定词谱》卷一二上

月波清霁，烟容明淡，灵汉旧期还至。

鹊迎桥路接天津，映夹岸、星榆点缀。
◎○⊙●●○○　◎◎●　⊙○⊙▲

云屏未卷，仙鸡催晓，肠断去年情味。
⊙○◎●　⊙○⊙●　⊙●◎○⊙▲
多应天意不教长，恁恐把、欢娱容易。
⊙○⊙●●○○　◎◎●　⊙○⊙▲

六二　醉 花 阴

双调五十二字，前后片各五句三仄韵。

醉花阴·龙井茶堂

落日融金残照沐，山影黄昏促。
云漫紫烟中，龙井茶堂，习习凉风扑。

四君对饮明前绿，客醉忘归宿。
月色夜虚无，疑是蓬莱，人在神仙谷。

醉花阴·西子汪庄宾馆

细雨清晨湖畔走，山水空蒙秀。
行在翠阴中，不用寻春，春在亭中候。

浓妆淡抹云烟柳，又念晴方有。
潋滟再相邀，西子汪庄，重约同窗友。

醉花阴·贺沈鞍钢六十岁生日

次韵李弥逊[①]《醉花阴·池面芙蕖红散绮》

榴花谩说红艳绮，茉莉来宾喜。
还历寿星翁，能约麻姑[②]，香霭杯盘侍。

市场玩转山和水，销售如游戏。
鉴赏自成家，慧眼收藏，书画更稀世。

① 李弥逊（1089—1153 年），宋代诗人。② 麻姑：道教神话人物，传说西王母寿辰，麻姑以灵芝酿酒献寿。

例词　毛滂《醉花阴·檀板一声莺起速》

《钦定词谱》卷九下

檀板一声莺起速，山影穿疏木。
⊙◎◎⊙○◎▲　⊙◎○⊙▲
人在翠阴中，欲觅残春，春在屏风曲。
⊙●●○○　◎●○○　⊙●○○▲

劝君对客杯须覆，灯照瀛洲绿。
●○●●○○▲　⊙●○○▲
西去玉堂深，魄冷魂清，独引金莲烛。
⊙●●○○　◎●○○　◎●○○▲

六三　醉花间

双调四十一字，前片五句三仄韵、一叠韵，后片四句三仄韵。

醉花间·春游

出差深圳后又去杭州再去花山谜窟游

杨阴绿，柳阴绿，阴绿空清目。
春水满塘生，紫鹈[1]双飞逐。

深城留远足，谜窟千年读。
三潭印月时，西子汪庄宿。

① 紫鹈：鹈，读作 chì。水鸟名，形大于鸳鸯，而多紫色，好并游。俗称紫鸳鸯。

例词　毛文锡《醉花间·深相忆》

《钦定词谱》卷四上

深相忆，莫相忆，叠韵 相忆情难极。
○○▲　●○▲　　　○●○○▲
银汉是红墙，一带遥相隔。
○●●○○　◎●○○▲

金盘珠露滴，两岸榆花白。
⊙⊙⊙◎▲　◎◎○⊙▲
风摇玉佩轻，今夕为何夕？
○⊙●◎○　⊙●○○▲

六四　秋夜月

双调八十四字，前后片各十句五仄韵。

秋夜月·中秋

中秋佳节，夜清辉，空匹练，银盘凝雪。
雾冷笙箫环佩，广寒宫阙。
叹光阴，流逝水，东坡一别。
天镜、已过万回圆缺。

残星飞越，似三皇，如五帝，划空烟灭。
只见当年苏轼，那轮明月。
绕环球，穿宇宙，未曾停歇。
歌头、水调古今称绝。

例词　尹鹗《秋夜月·三秋佳节》
《钦定词谱》卷二一上

三秋佳节，罩晴空，凝碎露，茱萸千结。
○○○▲　●○○　○●●　⊙○○▲
菊蕊和烟轻捻，酒浮金屑。
●●○○○●　●○○▲

征云雨，调丝竹，此时难辍。
⊙○◎ ○⊙● ◎○⊙▲
欢极、一片艳歌声揭。
⊙◎ ◎●●○○▲

黄昏慵别，炷沉烟，熏绣被，翠帷同歇。
○○○▲ ●○○ ○●● ◎○○▲
醉并鸳鸯双枕，暖偎春雪。
●●○○○● ●○○▲
语丁宁，情委曲，论心正切。
◎○⊙ ○◎● ⊙○◎▲
夜深、窗透数条斜月。
◎⊙ ⊙●●○○▲

六五 暗　香

双调九十七字，前片九句五仄韵，后片十句七仄韵。

暗香·说端午

夏风暑雨，正杏黄麦熟，幽兰芳吐。
艾叶虎符，角粽飘香迎端午。
华夏千年习俗，难忘却、龙舟争渡。
漫记取、屈子怀沙，含愤自沉处。

湘渚，汨水诉。叹乱世独醒，报国无路。
九歌雅赋，芳草离骚惹人妒。
天问奇文绝句，悬日月、乾坤今古。
纪楚事、名楚物，楚声楚语。

例词　姜夔《暗香·旧时月色》

《钦定词谱》卷二五下

旧时月色，算几番照我，梅边吹笛？
◎○◎▲　●◎○◎●　⊙○○▲
唤起玉人，不管清寒与攀摘。
●●◎○　◎●○○●○▲

何逊而今渐老，都忘却、春风词笔。
⊙●⊙○●● ⊙⊙◎ ⊙○○▲
但怪得、竹外疏花，香冷入瑶席。
◎◎◎ ◎●○○ ⊙●●○▲

江国，正寂寂。叹寄与路遥，夜雪初积。
⊙▲ ●◎▲ ●●◎◎○ ◎◎○▲
翠尊易泣，红萼无言耿相忆。
●○●▲ ○●⊙○●○▲
长记曾携手处，千树压、西湖寒碧。
⊙●○○◎● ⊙◎◎ ⊙○○▲
又片片、吹尽也，几时见得？
●◎◎ ○●● ●○◎▲

六六　疏　影

双调一百十字，前片十句五仄韵，后片十句四仄韵，此例用入声部韵。

疏影·石榴

夹衣五月，正局收句少，红残歌歇。
幸有榴花，占得熏风，娇娆似火浓烈。
安邦拓界通西域，古道上、天浆①煌晔。
博望侯②、汉使归时，独带翠枝离别。

犹记华清旧事，贵妃③醉绣岭，千古传说。
自此明皇④，不事江山，恋恋红裙潮频。
六军驻马危生变，却只怨、帝王妖妾。
缥缈间、长恨绵绵，天地老情难绝。

① 天浆：古代中国传说吃了石榴以后可以使人青春永驻，所以石榴又称天浆。② 博望侯：是西汉著名外交家张骞的封爵。据史载，约在公元二世纪，石榴产在当时隶属汉王朝的西域之地——安国和石国（今乌兹别克斯坦的布哈拉和塔什干）。汉代张骞出使西域时，才引入石榴。③ 贵妃：指杨贵妃。④ 明皇：指唐玄宗李隆基。

例词　姜夔《疏影·苔枝缀玉》

《钦定词谱》卷三五上

苔枝缀玉，有翠禽小小，枝上同宿。
⊙○●▲　●◎○●●　⊙◎○▲
客里相逢，篱角黄昏，无言自倚修竹。
◎●○○　⊙●○○　⊙⊙◎◎○▲
昭君不惯胡沙远，但暗忆、江南江北。
⊙○◎●○○●　◎◎◎　⊙○○▲
想佩环、月夜归来，化作此花幽独。
●◎○　◎●○○　◎●◎○○▲

犹记深宫旧事，那人正睡里，飞近蛾绿。
○●○○●●　●⊙◎●●　○●○▲
莫似春风，不管盈盈，早与安排金屋。
●●○○　◎●○○　◎●⊙○⊙▲
还教一片随波去，又却怨、玉龙哀曲。
⊙○◎●○○●　◎◎●　◎○○▲
等恁时、重觅幽香，已入小窗横幅。
●◎⊙　⊙●○○　◎●●○○▲

六七　八 六 子

双调八十八字，前片六句三平韵，后片十句五平韵。秦观词有“黄鹂又啼数声”句，又名《感黄鹂》。注：前片第四句以一去声字领六言两对句，后片第四句以三仄声字领六言一句，四言两对句，第七句以两平声字领六言两对句。前后两结最末四字并宜用“去平去平”，方能发调。

八六子・千岛湖

夏初清，暮春花落，连绵细雨笼晴。
正近水空蒙翠绿，远山浓淡相宜，柳垂草青。

端阳长假闲情，沪浙一行高速，淳安[①]百里车程。
但想说、欢娱未如人意，四峰三岛，聚猴圈鳖[②]。
那堪水下乡村叹惋，湖中山顶悲鸣。
黯消凝，思沉贺狮县城。[③]

① 淳安：千岛湖，位于浙江省淳安县境内（部分位于安徽歙县）。② 四峰三岛：指中心湖区 B 线的梅峰岛、鸵鸟岛、猴岛、三潭岛和 A 线的神龙岛、龙山岛、五龙岛。③ 贺狮两城：在千岛湖下，沉睡着两座千年古城：贺城（原淳安县城）和狮城（原遂安县城）。

例词　秦观《八六子・倚危亭》

《唐宋词格律》三七

倚危亭，恨如芳草，萋萋刬尽还生。
●○△　●○○●　○○●●○△
念柳外青骢别后，水边红袂分时，怆然暗惊。
●●●○○●●　●○○●○○　●○●△

无端天与娉婷。夜月一帘幽梦，春风十里柔情。
○○○●○△　●●●○○●　○○●●○△
怎奈向、欢娱渐随流水，素弦声断，翠绡香减。
●●●　○○●○○●　●○○●　●○○●
那堪片片飞花弄晚，蒙蒙残雨笼晴。
●○●●○○●●　○○○●○△
正销凝，黄鹂又啼数声。
●○△　○○●○●△

六八　八　　归

双调一百十五字，前片十句四仄韵，后片十一句四仄韵。

八归·上海夏天

熏风带暑，鸣蝉消夏，犹记往日六月。
乘凉躺椅加蒲扇，冰镇一杯啤酒，街坊亲切。
望眼吴淞江海处，纵目水云连天阔。
近现代、上海繁荣，总是纠成结。

城市围成热岛[①]，丛楼林立，大厦云端穿越。
汽车排放，耗油污染，万辆燃烧钢铁。
任空调外挂，气浪高温噪声迭。
都无奈、众生劳苦，面面相窥，谁能逃酷热？

① 热岛：近年来，由于城市人口集中，工业发达，交通拥塞，大气污染严重，且城市中的建筑大多为石头和混凝土建成，它的热传导率和热容量都很高，加上建筑物本身对风的阻挡或减弱作用，可使城市年平均气温比郊区高两摄氏度，甚至更多。在温度的空间分布上，城市犹如一个温暖的岛屿，从而形成城市热岛效应。

例词　姜夔《八归·湘中送胡德华》

《钦定词谱》卷三六上

芳莲坠粉，疏桐吹绿，庭院暗雨乍歇。
○○●●　○○○●　○●●●◎▲
无端抱影销魂处，还见筱墙萤暗，藓阶蛩切。
○○●●○○●　○●●○○●　○⊙○▲
送客重寻西去路，问水面、琵琶谁拨？
●●⊙○○●●　●●●○○○▲
最可惜、一片江山，总付与啼鴂。
●●●　◎●○○　●●●○▲

长恨相从未款，而今何事，又对西风离别？
○●○○●●　○○○●　●●○○○▲
渚寒烟淡，棹移人远，飘渺行舟如叶。
●○○●　●○○●　●●○○○▲
想文君望久，倚竹愁生步罗袜。
●○○●●　●●○○●○▲
归来后、翠尊双饮，下了珠帘，玲珑闲看月。
○○●　●○○●　●●○○　○○○●▲

六九　忆 江 南

又名《望江南》，单调二十七字，五句三平韵。中间七言两句，以对偶为宜。第二句亦有添一衬字者。宋人多用双调。

忆江南・秋夜

风渐冷，梧叶坠清秋。
明月不知今古事，蟾光满地惹人愁。
偏上柳梢头。

忆江南・思乡

江南忆，最忆是江州。
霜月不知心里事，黄昏空挂柳梢头。
能不惹乡愁？

忆江南・寒号鸟

今天好，得过且无愁。
春夏来时不解语，秋冬将至未绸缪。
转眼一蜉蝣。

例词　白居易《忆江南·江南好》

《钦定词谱》卷一下

江南好，风景旧曾谙。
○⊙●　⊙●●○△
日出江花红胜火，春来江水绿如蓝。
◎●⊙○○●●　⊙○○●●○△
能不忆江南。
○●●○△

又一体　双调五十四字，前后片各五句三平韵。

望江南·迎五月

次韵苏轼《望江南·春未老》

迎五月，眉黛柳舒斜。
伞盖阴阴萱草色，罗裙朵朵石榴花。
绣岭帝王家。

春去也，桃李叹兴嗟。
好是夏初闲酌酒，不妨小满漫斟茶。
心底驻春华。

例词　欧阳修《望江南·江南蝶》

《钦定词谱》卷一下

江南蝶，斜日一双双。

○○●　○●●○△

身似何郎全傅粉，心如韩寿爱偷香。

○●○○○●●　○○○●●○△

天赋与轻狂。

○●●○△

微雨过，薄翅腻烟光。

○●●　●●●○△

才伴游蜂来小院，又随飞絮过东墙。

○●○○○●●　●○○●●○△

长是为花忙。

○●●○△

七〇　相见欢

双调三十六字，前片三句三平韵，后片四句两仄韵两平韵。

相见欢·春晓路

张江孵化人家，思元邪。
春晓新生科技、正咿呀。

创业路，蹒跚步，履歪斜。
自是百般忙碌、少闲暇。

例词　薛昭蕴《相见欢·罗袜绣袂香红》
《钦定词谱》卷三上

罗襦绣袂香红，画堂中。
⊙○◎●○△　●○△
细草平沙蕃马、小屏风。
◎●⊙○⊙●　●○△

卷罗幕，凭妆阁，思无穷。前平韵
◎⊙▲　⊙⊙▲　●○△
暮雨轻烟魂断、隔帘栊。
◎●⊙○⊙●　●○△

七一　谒金门

唐教坊曲。双调四十五字，前后片各四句四仄韵。

谒金门·长江水

次韵黄庭坚《谒金门·戏赠知命[①]》

长江水，流过楚头吴尾。
淘尽英雄沙浪里，笑谈人不寐。

皆是二中桃李，个个栋梁松桂。
绿水青山同趣味，弟兄今足矣！

① 知命：黄庭坚之弟，名叔达。

例词　黄庭坚《谒金门·戏赠知命》

《唐宋词格律》六三

山又水，行尽吴头楚尾。
⊙⊙▲　⊙●◎○⊙▲
兄弟灯前家万里，相看如梦寐。
⊙●⊙○○●▲　◎⊙○◎▲

君似成蹊桃李，入我草堂松桂。
⊙●◎○⊙▲　◎●◎○⊙▲
莫厌岁寒无气味，余生今已矣！
◎●◎○○●▲　◎⊙○◎▲

七二　采 桑 子

双调四十四字，前后片各四句三平韵。

采桑子·国庆重阳

喜迎国庆逢佳节，菊桂争妍，
锣鼓争喧，十亿神州万里欢。

茱萸插遍登高处，凝是神仙，
乐在人间，泛酒黄花任醉眠。

例词　和凝《采桑子·蝤蛴领上诃梨子》
《钦定词谱》卷五上

蝤蛴领上诃梨子，绣带双垂。
⊙○◎●○○●　◎●○△
椒户闲时，竞学摴蒲赌荔枝。
⊙●○△　◎●○○◎●△

丛头鞋子红编细，裙窄金丝。
⊙○⊙●○○●　⊙●○△

无事颦眉，春思翻教阿母疑。
⊙●○△　⊙●○○◎●△

又一体　双调四十四字，前后片各四句，两平韵，一叠韵。

采桑子・国庆中秋

喜迎国庆逢佳节，红染西山。
黄染东山，南北金秋枫点燃。

举杯把酒邀明月，笑在人间。
乐在人间，万里神州共此圆。

例词　毛泽东《采桑子・重阳》
《毛泽东诗词全集》

人生易老天难老，岁岁重阳。
⊙○◎●○○●　◎●○△
今又重阳，叠韵 战地黄花分外香。
⊙●○△　　◎●○○◎●△

一年一度秋风劲，不似春光。
⊙○⊙●○○●　⊙●○△
胜似春光，叠韵 廖廓江天万里霜。
⊙●○△　　⊙●○○◎●△

又一体　双调四十八字，前后片各四句，两平韵、一叠韵。此词前后片第三句即迭上句，两结句较和凝词各添两字，或名《添字采桑子》。

采桑子·七夕

读秦观《鹊桥仙·纤云弄巧》

纤云弄巧飞星恨，银汉迢迢。银汉迢迢，
七夕佳期、忍顾鹊填桥。

争将世上无期别，换得今宵。换得今宵，
若是情长、又岂在朝朝？

例词　李清照《采桑子·窗前谁种芭蕉树》

《钦定词谱》卷五上

窗前谁种芭蕉树？阴满中庭。阴满中庭，叠句
○○○●○○●　○●○△　○●○△
叶叶心心、舒卷有余情。
●●○○　○●●○△

伤心枕上三更雨，点滴霖霪。点滴霖霪，叠句
○○●●○○○　●●○△　●●○△
愁损北人、不惯起来听。
○●○○　●●●○△

七三　生 查 子

双调四十字，前后片各四句两仄韵。

生查子・秋景

秋风日渐凉，白露天趋冷。
鸿雁向南飞，声过西山岭。

菊花分外香，枫叶翻秋影。
秋色正浓时，胜似三春景。

例词　韩偓《生查子・侍女动妆奁》

《钦定词谱》卷三下

侍女动妆奁，故故惊人睡。
◎◎◎⊙⊙　◎●○○▲
那知本未眠，背面偷垂泪。
◎⊙●◎○　◎●○○▲

懒卸凤头钗，羞入鸳鸯被。
◎◎◎⊙○　⊙●○○▲
时复见残灯，和烟坠金穗。
⊙●●○○　⊙⊙◎○▲

七四 过秦楼

又名《选冠子》。双调一百十一字，前片十二句四仄韵，后片十一句四仄韵。

过秦楼·中秋夜

冷菊花香，霜枫红叶，又是一年秋半。
空清夜永，月满蟾孤，郁郁广寒宫殿。
人有离合悲欢，天也阴晴，缺圆多变。
叹流光似水，先贤苏轼，梦沉书远。

醒醉里、空阅骚经，闲寻遗谱，李杜几曾相见。
唐风犹在，宋韵重填，网络写词新辩。
生怕工科出身，双鬓银华，学疏才浅。
但余丹剩彩，还染千山一遍。

例词　周邦彦《过秦楼·秋夜》

《白香词谱》五二
《钦定词谱》卷三五下

水浴清蟾，叶喧凉吹，巷陌马声初断。

闲依露井，笑扑流萤，惹破画罗轻扇。
○○●●　◎●○○　◎●●○○▲
人静夜久凭阑，愁不归眠，立残更箭。
○●◎◎⊙○　⊙●○○　◎○⊙▲
叹年华一瞬，人今千里，梦沉书远。
●⊙○◎●　⊙⊙○●　●○○▲

空见说、鬓怯琼梳，容销金镜，渐懒趁时匀染。
⊙◎◎　◎●○○　⊙○⊙●　◎●◎○○▲
梅风地溽，虹雨苔滋，一架舞红都变。
○○●●　⊙●○○　◎●●○○▲
谁信无聊，为伊才减江淹，情伤荀倩。
⊙●○○　●○⊙●○○　⊙○⊙▲
但明河影下，还看稀星数点。
●○○◎●　○●⊙○◎▲

七五　春晓曲

单调二十七字，四句三仄韵。

春晓曲·秋声

西风一夜秋声赋，地见霜、窗带露。
北坡南径吐幽丛，独爱菊篱陶令路。

例词　朱敦儒《春晓曲·西楼月落鸡声急》
《钦定词谱》卷一下

西楼月落鸡声急，夜浸疏香淅沥。
○○●●○○▲　●●○○●▲
玉人酒渴嚼春冰，晓色入帘横宝瑟。
●○◎●●○○　●●●○○●▲

七六　定 风 波

双调六十二字，前片五句三平韵、两仄韵，后片六句四仄韵、两平韵。

定风波·随缘

采菊东篱百岁间，悠然把酒笑南山。
自古人生尤忌满，留半，半醒半醉半神仙。

圆缺阴晴曾几度？无数，今来古往总由天。
离合悲欢凝百感，千念，半禅半欲半随缘。

定风波·迎春

圣诞新年喜庆时，千杯美酒百篇诗。
何处迎春春最早？知道，黄金海岸野滩堤。

上海如东高速路，都去，南通北部启东西。
再吃蟹虾鱼蛤贝，诸位，一年好运又回归。

定风波·迎春

圣诞新春喜庆时，千杯美酒百篇诗。
地北天南同醒醉，兄弟，一年好运又回归。

欲觅骚人陶令路，何处？吴头楚尾大江西。
瑞雪梅花春意动，随梦，夜来相聚数芳枝。

定风波·荔枝

次韵黄庭坚《定风波·咏荔枝二》

霞葛[①]村前赤荔枝，银屏微信绿英枝。
满载篓筐无答理，难比，今年应是庆收时。

乌叶红裳皮更浅，朝晚，果农衣上湿累累。
烈日街边皆汗影，应醒，闽南极品尽芳肌。

① 霞葛：位于福建省漳州市诏安县西北山区。

定风波·横贯东西——台湾游（二）

六日环游过半时，三千影像百篇诗。
海浪沙滩争旖丽，阿里，高山神木更珍稀。

宝岛风光谁最美？当是，老兵隧道贯东西，

虎踞龙盘天险那，穿过，车身已跨北回归。

定风波·天山巴音布鲁克——新疆游（七）

数日神游过半期，今天已写七篇诗。
雪域草原争旖丽，千里，一时四季世间稀。

塞外风光何处美？应是，天山山脉贯东西。
玉宇苍穹相映趣，奇遇，银河九曲百千徊。

定风波·库车神秘大峡谷——新疆游（八）

才游北疆好赋诗，又旅南疆古龟兹。
西域风光争旖丽，还是，库车峡谷最珍稀。

日照红崖天地美，观止，摩天劈地乱东西。
鬼斧神工相映趣，缘遇，莫高佛祖古今时。

例词　欧阳炯《定风波·暖日闲窗映碧纱》

《钦定词谱》卷一四上

暖日闲窗映碧纱，小池春水浸明霞。
◎●○○◎●△　◎○⊙●●○△
数树海棠红欲尽，争忍，玉闺深掩过年华。前平韵
◎●◎○○◎▲　⊙▲　◎○⊙●●○△

独凭绣床方寸乱，换仄韵 肠断，泪珠穿破脸边花。前平韵
◎●◎○○●▲　　　　⊙▲　◎○⊙●●○△
邻舍女郎相借问，换仄韵 音信，教人羞道未还家。前平韵
⊙●◎○○●▲　　　　⊙▲　⊙○⊙●●○△

又一体　双调六十二字，前片五句三平韵，后片六句两平韵。

例词　苏轼《定风波·好睡慵开莫厌迟》
《钦定词谱》卷一四上

好睡慵开莫厌迟，自怜冰脸不宜时。
●●○○●●△　●○○●●○△
偶作小桃红杏色，闲雅，尚余孤瘦雪霜姿。
●●●○○●●　○●　●○○●●○△

休把闲心随物态，何事，酒生微晕沁瑶肌。
○●○○○●●　○●　●○○●●○△
诗老不知梅格在，吟咏，更看绿叶与青枝。
○●●○○●●　○●　●○●●●○△

七七　唐多令

双调六十字，前后片各五句四平韵。

唐多令·溪水出前村

续韵杨万里[①]《七绝·桂源铺》为周县锋公司题

溪水出前村，桂源铺外门。想难忘、一路喧欣。
水面初平犹未稳，风雨里，又前奔。

有梦定乾坤，无形乃独尊。向东流、可曲能伸。
滚滚大江前后浪，扬万里，海天云。

① 杨万里（1127—1206年），字廷秀，号诚斋，江西吉州人（今江西吉水县黄桥镇湴塘村）。南宋诗人。

唐多令·乡梦九九

车过带清秋，山随高速流。入乡关、楚尾吴头。
九九弟兄将进酒，呼李白，换貂裘。

乡梦遍江洲[①]，知章[②]伴客游。正凝眸、月已西收。
十里外滩黄浦岸，今宵又，一江愁。

① 江洲：今江西九江市。② 知章：贺知章（约 659—约 744 年），字季真，晚年自号四明狂客，越州永兴（今浙江萧山）人。唐代著名诗人、书法家。这句指的是贺知章的《回乡偶书》诗意。

例词　刘过《唐多令·安远楼小集》

《钦定词谱》卷一三下

芦叶满汀洲，寒沙带浅流，二十年、重过南楼。
⊙●●○△　⊙●◎●△　●◎○　⊙●○△
柳下系船犹未稳，能几日、又中秋。
◎●◎○○●●　⊙◎●　●○△

黄鹤断矶头，故人曾到否？旧江山、浑是新愁。
⊙●●○△　◎○⊙●△　●⊙○　⊙●○△
欲买桂花同载酒，终不似、少年游。
◎●◎○○●●　⊙◎●　●○△

七八　调 啸 词

又名《古调笑》。单调三十二字，八句四仄韵、两平韵、两叠韵。

调啸词·秋夜

银汉，银汉，朗月星疏斗远。
长河渐落西沉，垂帘卷尽夜深。
深夜，深夜，人静清霜漫泻。

例词　王建《古调笑·团扇》

《钦定词谱》卷二上

《调笑令》，又名《古调笑》《调啸词》等。此词凡三换头。起用叠句，第六、七句，即倒叠第五句末二字转以应之。

团扇，团扇，叠句 美人并来遮面。
○▲　○▲　●⊙⊙○○▲
玉颜憔悴三年，换平韵 谁复商量管弦。
◎○⊙●○△　⊙●○○●△
弦管，上句末尾颠倒，换仄韵 弦管，叠句 春草昭阳路断。
○▲　○▲　⊙●⊙○◎▲

七九　水龙吟

双调一百零二字，前片十一句四仄韵，后片十一句五仄韵。

水龙吟·柳絮

次韵章质夫[①]《水龙吟·杨花词》

暮春绿满红残，正杨柳、絮飘绵坠。
纷纷似雪，茫茫堤上，沉浮寻思。
迎面飞丝，眼帘粘贴，欲开难闭。
傍眸移渐转，搓揉未下，这才被潸然起。

无奈游花吹尽，任纤枝、散英风缀。
轻扬乱舞，相沾球旋，欲圆还碎。
行色匆匆，碾尘为土，漂萍随水。
想年年，折柳离情，寸寸是柔肠泪。

① 章质夫，生卒年均不详，是北宋一位儒将。据《宋史》记载，章楶，字质夫，建州浦城人。

例词　苏轼《水龙吟·杨花词》

次韵章质夫《水龙吟·杨花词》

《唐宋词格律》一〇八

似花还似非花，也无人、惜从教坠。
⊙○⊙●○○　●⊙●　⊙○○▲
抛家傍路，思量却是，无情有思。
⊙○⊙●　⊙○⊙●　◎○⊙▲
萦损柔肠，困酣娇眼，欲开还闭。
⊙●○○　◎○⊙●　◎○⊙▲
梦随风万里，寻郎去处，又还被莺呼起。
●◎◎⊙⊙　⊙○◎●　⊙○●○○▲

不恨此花飞尽，恨西园、落红难缀。
⊙●⊙○◎▲　●○○　◎○⊙▲
晓来雨过，遗踪何在？一池萍碎。
◎○⊙●　⊙○⊙●　⊙○◎▲
春色三分，二分尘土，一分流水。
⊙●◎○　◎○○●　●○○▲
细看来、不是杨花，点点是离人泪。
●○○　●●○○　◎●◎○○▲

八〇　长 相 思

双调三十六字，前后片各四句三平韵、一叠韵。

长相思·长驾回乡

快一程，慢一程。车向江西赣北城，长亭接短亭。

千里行，万里行。还是家乡月更明，故园无限情。

长相思·长驾回乡

上海城，九江城。高速长亭接短亭，回乡自驾行。

水多情，山多情。往返车流相送迎，去来又一程。

例词　白居易《长相思·汴水流》

《钦定词谱》卷二下

汴水流，泗水流。叠韵 流到瓜州古渡头，吴山点点愁。
◎◎△　●◎△　○●○○●●△　○○●●△

思悠悠，恨悠悠。叠韵 恨到归时方始休，月明人倚楼。
●○△　◎○△　●●○○○●△　●○○●△

八一 锦缠道

双调六十六字，前片六句四仄韵，后片六句三仄韵。

锦缠道・秋词

玉露金风，粲粲菊花当户。见园林、醉秋深处。
冷香羞抱招春妒。几度朱铅，重染吴江树。

任清霜漫涂，绛唇微注。笑相迎、意浓如许。
看晚空、晴日斜阳照，一排云上，雁字诗情赋。

例词　宋祁《锦缠道・燕子呢喃》

《钦定词谱》卷一四下

燕子呢喃，景色乍长春昼，睹园林、万花如绣。
●●○○　●●●○○▲　●○⊙　◎○○▲
海棠经雨胭脂透。柳展宫眉，翠拂行人首。
◎○⊙●○○▲　●●○○　●●○○▲

向郊原踏青，恣歌携手。醉醺醺、尚寻芳酒。
●○○●○　●○○▲　●○○　●○○▲
问牧童、遥指孤村道，杏花深处，那里人家有。
●●○　⊙●⊙⊙◎　◎○⊙●　●●○○▲

八二　雨霖铃

双调一百零三字，前片十句五仄韵，后片九句五仄韵。

雨霖铃·秋思

残蝉声歇，又西风起，一派清绝。
江天万里无限，层林醉彩，千山红叶。
已是轻寒浅冷，正霜降时节。
任岁月、偷换流年，寂寞随秋染华发。

明皇[①]一首归秦阙，雨弥旬、栈道铃凄切。
多情自有无奈，终究恨，惨伤离别。
酒醒寒宵，应是都门远楚天阔。
念去去千古风情，柳七[②]重铺说。

① 明皇：指唐明皇，即唐玄宗李隆基。传说马嵬兵变后，杨贵妃缢死，在平定叛乱之后，玄宗北还，一路凄雨沥沥，风雨吹打皇銮的金铃上，玄宗因悼念杨贵妃而作《雨霖铃》曲。
② 柳七：指柳永（约 984—约 1053 年），原名三变，字景庄，后改名柳永，字耆卿，因排行第七，又称柳七。

例词　柳永《雨霖铃·寒蝉凄切》

《钦定词谱》卷三一下

寒蝉凄切，对长亭晚，骤雨初歇。
○○⊙▲　●○○●　●●○▲
都门帐饮无绪，留恋处，兰舟催发。
○○◎◎⊙●　○●●　○○○▲
执手相看泪眼，竟无语凝噎。
●●○○◎●　●○◎○▲
念去去、千里烟波，暮霭沉沉楚天阔。
●●◎　○●○○　●●○○●○▲

多情自古伤离别，更那堪、冷落清秋节。
⊙○●●○○▲　●○○　●●○○▲
今宵酒醒何处，杨柳岸，晓风残月。
⊙○●◎⊙●　⊙●●　●○○▲
此去经年，应是良辰好景虚设。
●●○○　○●○○●◎○▲
便纵有千种风情，更与何人说？
●●●⊙●○○　●●○○▲

八三　洞仙歌

双调八十三字，前片六句三仄韵，后片七句三仄韵。

洞仙歌·水仙花

凌波仙子，正年华豆蔻。翠袖黄冠淡雅秀。
细腰肢、一笑相看风流，无限意，玉骨冰肌香透。

已隆冬数九，户外萧条，风剪凋零落飞柳。
殿堂客厅间、几案窗前，亭亭立、洛神仙后。
想便是、衡山[①]赏清姿，更喜水湘妃、岁寒佳友。

① 衡山：即文徵明（1470—1559年）。

例词　苏轼《洞仙歌·冰肌玉骨》

《钦定词谱》卷二〇下

冰肌玉骨，自清凉无汗。水殿风来暗香满。
⊙○◎●　◎⊙○○▲　◎●○○●○▲
绣帘开、一点明月窥人，人未寝，攲枕钗横鬓乱。
●○○　◎●⊙●○○　⊙◎●　⊙●⊙○◎▲

起来携素手，庭户无声，时见疏星渡河汉。

◎⊙○◎●　⊙●○○　⊙●○○●○▲

试问夜如何？夜已三更，金波淡、玉绳低转。

●◎◎⊙⊙　◎●○○　⊙⊙●　◎○⊙▲

但屈指、西风几时来，又不道、流年暗中偷换。

◎◎◎　⊙⊙●○○　◎◎●　○○●○○▲

八四　更漏子

双调四十六字，前片六句两仄韵、两平韵，后片六句三仄韵、两平韵。亦有过片不用韵者，平仄与上全同。

更漏子·报新春

报新春，辞旧岁，爆竹声飞香细。
东海去，九天回，龙腾蛇舞归。

说和谐，谈盛世，喜讯频传乡里。
歌市镇，赞农村，春风度玉门。

例词　温庭筠《更漏子·玉炉香》

《钦定词谱》卷六上

玉炉香，红烛泪，偏照画堂秋思。
◎⊙○　⊙◎▲　⊙●◎○○▲
眉翠薄，鬓云残，夜长衾枕寒。
⊙◎●　●○△　◎○⊙●△

梧桐树，换仄韵 三更雨，不道离情正苦。
○⊙▲　⊙⊙▲　◎●⊙○◎▲
一叶叶，一声声，换平韵 空阶滴到明。
◎◎●　●○△　⊙○◎●△

八五　捣 练 子

又名《深院月》。单调二十七字，五句三平韵。

捣练子・香格里歌厅

香格里，小包厅，蓝调情歌添楚声。
湖畔环城才见面，晚风伴月又东行。

例词　李煜《捣练子・深院静》

《唐宋词格律》六
《钦定词谱》卷一下（作者为冯延巳）

深院静，小庭空，断续寒砧断续风。
⊙●●　●○△　◎●○○◎●△
无奈夜长人不寐，数声和月到帘栊。
⊙●◎○○●●　●○⊙●●○△

八六　一斛珠

双调五十七字，前后片各五句四仄韵。

一斛珠·雪韵

次韵李煜《一斛珠·香涴》

北风吹过，翩翩六瓣飘些个。
招来万朵成千颗，蝶舞花飞，碎玉银河破。

青女[①]七弦无不可，素娥三弄消灾涴[②]。
清音旋出情何那？龙嚼琼葩，漫向人间唾。

① 青女：传说神话中的掌管霜雪之神。② 涴：读作 wò，污染。

一斛珠·雪景

次韵李煜《一斛珠·香涴》

雪飘窗过，纷纷万片成千个。
玉宫播撒晶莹颗。蝶舞蜂飞，春早梅先破。

楼外白来无色可，街边旋被行轮涴。

大江南北长城那，龙在银河，笑嚼琼花唾。

例词　李煜《一斛珠·香涴》

《钦定词谱》卷一二下

晚妆初过，沉檀轻注些儿个。

◎○⊙▲　⊙○⊙●○○▲

向人微露丁香颗，一曲清歌，暂引樱桃破。

◎○⊙●○○▲　●●○○　◎●○○▲

罗袖裛残殷色可，杯深旋被香醪涴。

⊙●◎○○●▲　○○◎●○○▲

绣床斜凭娇无那，烂嚼红茸，笑向檀郎唾。

●○⊙●○○▲　●●○○　●●○○▲

八七　贺圣朝

双调四十七字，前片五句三仄韵，后片六句两仄韵。

贺圣朝·红烧肉

次韵冯延巳《贺圣朝·金丝帐暖牙床稳》

珊瑚玛瑙红沉稳，千姿芳寸。
五花烧焖，绕梁馨透，色香鲜润。

眼谗口坠，风骚细品，软酥犹困。
管它油酱，不挑肥瘦，吃完还问。

例词　冯延巳《贺圣朝·金丝帐暖牙床稳》

《钦定词谱》卷六下

金丝帐暖牙床稳，怀香方寸。
⊙○◎●○○▲　○○⊙▲
轻颦轻笑，汗珠微透，柳沾花润。
⊙○○●　●○○●　●○○▲

云鬟斜坠，春应未已，不胜娇困。
⊙○⊙●　⊙○●●　●○○▲
半欹犀枕，乱缠珠被，转羞人问。
●○○●　◎○⊙●　⊙⊙○▲

八八　离亭宴

双调七十二字，前后片各六句四仄韵。

离亭宴·咏竹

次韵张昇[①]《离亭宴·一带江山如画》

翠玉修长堪画，有节无心潇洒。
绿叶扶疏青四季，竿指碧云高射。
起舞醉东风，紫气婆娑千舍。

长递酒旗遥挂，短笛箫声相亚。
不与群芳争斗艳，尽入文斋佳话。
春色伴人间，足迹遍游天下。

① 张昇（992—1077 年），字杲卿，陕西韩城人。北宋词人。

例词　张昇《离亭宴·一带江山如画》

《钦定词谱》卷一八下

一带江山如画，风物向秋潇洒。

水浸碧天何处断？翠色冷光相射。
◎●◎○○◎●　●●◎○○▲
蓼岸荻花洲，隐映竹篱茅舍。
●●●○○　◎◎●○○▲

天际客帆高挂，门外酒旗低亚。
○●◎○○▲　⊙◎●○○▲
多少六朝兴废事，尽入渔樵闲话。
⊙●◎○○◎●　●●○○○▲
怅望倚危阑，红日无言西下。
●●●○○　○◎⊙○○▲

同一例　张昇《离亭宴·一带江山如画》

《白香词谱》二〇

《唐宋词格律》八四

一带江山如画，风物向秋潇洒。
◎●○○⊙▲　○◎●○○▲
水浸碧天何处断？霁色冷光相射。
◎●◎○○◎●　●●◎○○▲
蓼屿荻花洲，掩映竹篱茅舍。
●●●○○　◎◎●○○▲

云际客帆高挂，烟外酒旗低亚。
○●◎○○▲　⊙◎●○○▲

多少六朝兴废事，尽入渔樵闲话。
⊙●◎○○◎●　●●○○○▲
怅望倚层楼，寒日无言西下。
●●●○○　○◎⊙○○▲

八九　天仙子

双调六十八字，前后片各六句五仄韵。

天仙子·迎春

次韵张先[1]《天仙子·水调数声持酒听》

圣诞钟声歌又听，酒醉五更惊梦醒，
匆匆岁末一年春。云水镜，南山景，
陶令东篱思绪省。

例会开完天渐暝，高架塞车跟后影，
重重围困夜阑珊，心不定，人难静，
明月独行天外径。

① 张先（990—1078 年），字子野，乌程（今浙江湖州吴兴）人。北宋词人。

例词　张先《天仙子·水调数声持酒听》

《唐宋词格律》五六

水调数声持酒听，午醉醒来愁未醒。

送春春去几时回？临晚镜，伤流景，
◎○⊙●●○○　⊙◎▲　○⊙▲
往事后期空记省。
⊙●◎○○●▲

沙上并禽池上暝，云破月来花弄影。
⊙●◎○○●▲　◎●◎○○●▲
重重帘幕密遮灯，风不定，人初静，
◎○⊙●●○○　⊙◎▲　○⊙▲
明日落红应满径。
⊙●◎○○●▲

九〇　画堂春

双调四十七字，前片四句四平韵，后片四句三平韵。

画堂春·香樟树

次韵黄庭坚《画堂春·东风吹柳日初长》

过完冬至昼偏长，雪余风雨催阳。
寒天数九冷樟香，四季青妆。

峻茂描龙画凤，巍然笔墨三湘。
香肌馥体翠衣裳，芳郁无量。

例词　黄庭坚《画堂春·东风吹柳日初长》

《白香词谱》三五

东风吹柳日初长，雨余芳草斜阳。
◎○⊙●●○△　◎○◎●○△
杏花零落燕泥香，睡损红妆。
●○○●●○△　⊙●○△

宝篆烟销龙凤，画屏云锁潇湘，
◎●◎○◎●　⊙○◎●○△
夜寒微透薄罗裳，无限思量。
◎○⊙●●○△　◎●○△

九一　蓦山溪

又名《上阳春》。双调八十二字，前片九句六仄韵，后片九句四仄韵。

蓦山溪·如东

次韵周邦彦《蓦山溪·湖平春水》

如东临水，三角长江尾。
南去变南通，北近海、西风常避。
上栟茶垦，下掘港南河，曹左倚，
堤右起，千八方公里。

迎风北去，车过长江水。
有朋远方来，吃海货、开心难已。
蟹虾壳类，更有贝螺蛏，西施舌，
文蛤底，最是黄鱼美。

例词　周邦彦《蓦山溪·湖平春水》

《唐宋词格律》八八

湖平春水，菱荇萦船尾。

空翠入衣襟，拊轻桹、游鱼惊避。
◎◎●○○　●○○　⊙○◎▲
晚来潮上，迤逦没沙痕，山四倚。
⊙○◎●　⊙●●○○　○●▲
云渐起，鸟度屏风里。
○●▲　◎●○○▲

周郎逸兴，黄帽侵云水。
⊙○◎●　◎●○○▲
落日媚沧洲，泛一棹、夷犹未已。
◎●●○○　●⊙⊙　⊙○●▲
玉箫金管，不共美人游，因个甚，
⊙○◎●　●●●○○　○◎●
烟雾底，独爱莼羹美。
○●▲　◎●○○▲

九二　忆王孙

单调三十一字，五句五平韵。

忆王孙·始创人

千年疑案宋词门，始创谁非谁是真？
民国榆生[①]辩李[②]文。白香[③]甄，话说秦观清谱存。

① 榆生：指《唐宋词格律》标注《忆王孙》词作者为李重元。② 李：此处指的是李重元，约1122年前后在世，生平不详，工词。③ 白香：指《白香词谱》标注《忆王孙》词作者为秦观。

忆王孙·是与非

李秦始创是非云，境过时迁难断真。
古韵声声杜宇闻。忆王孙，芳草萋萋留泪痕。

例词　秦观《忆王孙·萋萋芳草忆王孙》

《钦定词谱》卷二上

萋萋芳草忆王孙，柳外楼高空断魂。
⊙○⊙●●○△　◎●○○⊙●△
杜宇声声不忍闻，欲黄昏，雨打梨花深闭门。
◎●○○◎●△　●○△　◎●○○⊙●△

九三　桃源忆故人

双调四十八字，前后片各四句，四仄韵。

桃源忆故人·雪景

次韵秦观《桃源忆故人·冬景》

翩翩六瓣琼楼种，百草凋零难共。
山舞玉龙青凤，大地银衾拥。

梅香瑞雪东风动，春到一年初梦。
片片晶莹凝重，蝶舞花飞弄。

例词　秦观《桃源忆故人·冬景》

《白香词谱》三九

玉楼深锁多情种，清夜悠悠谁共。
⊙○◎●○○▲　◎●⊙○⊙▲
羞见枕衾鸳凤，闷则和衣拥。
◎●⊙○⊙▲　◎●○○▲

无端画角严城动，惊破一番新梦。
◎○◎●○○▲　◎●⊙○◎▲
窗外月华霜重，听彻梅花弄。
⊙●◎○⊙▲　◎●○○▲

九四　金明池

双调一百二十字，前片十句四仄韵，后片十一句五仄韵。

金明池·秦兵马俑

列列雄风，行行威武，万马千军横纵。
神未改、心声欲吐，貌如栩、形色犹动。
护皇陵、破土重生，似待命、再现英姿骄勇。
正一往无前，十方驰骋，各路秦王兵种。

谢得骊山兵马俑，展帝国风云，千年留梦。
灭三晋、江山半壁，扫六合、中华一统。
视人间、天下诸侯，尽俯首称臣，诚惶诚恐。
纪盖世雄才，琅琊[①]功过，褒贬古今评颂。

① 琅琊：琅琊刻石。原立于山东诸城琅琊台上海神祠内。秦始皇为巩固统一，自前220年起多次出巡，并在峄山、泰山、琅琊台、芝罘岛、东观、碣石、会稽七处立石刻字，歌颂秦的功德。

例词　秦观《金明池·琼苑金池》

《钦定词谱》卷三六下

琼苑金池，青门紫陌，似雪杨花满路。
⊙●○○　○○◎●　●●○○◎▲
云日淡、天低昼永，过三点两点细雨。
⊙◎◎　○○●●　⊙○●◎◎◎▲
好花枝、半出墙头，似怅望、芳草王孙何处。
●○○　●●○○　◎●●　⊙●○○○▲
更水绕人家，桥当门巷，燕燕莺莺飞舞。
●◎●○○　⊙○○●　●●○○○▲

怎得东君长为主，把绿鬓朱颜，一时留住。
●●○○○⊙▲　●●●○○　◎○○▲
佳人唱、金衣莫惜，才子倒、玉山休诉。
○○●　○○◎●　⊙◎●　◎○○▲
况春来、倍觉伤心，念故国情多，新年愁苦。
◎○⊙　◎●○○　●◎●○○　⊙○○▲
纵宝马嘶风，红尘拂面，也只寻芳归去。
●◎●○○　⊙○◎●　●●⊙○○▲

九五　惜分飞

双调五十字，前后片各四句四仄韵。

惜分飞·冬柳

地冻天寒重数九，正是年终岁首。
一树萧萧柳，夕阳霜影疏枝透。

还记得柔条纤手，无力摇风舞袖。
燕燕莺莺瘦，细腰依旧春眉秀。

例词　毛滂《惜分飞·泪湿阑干花着露》
《钦定词谱》卷八下

泪湿阑干花着露，愁到眉峰碧聚。
◎●⊙○○◎▲　⊙●⊙○◎▲
此恨平分取，更无言语空相觑。
◎●○○▲　●○⊙●○○▲

断雨残云无意绪，寂寞朝朝暮暮。
◎◎⊙⊙○◎▲　◎●⊙○◎▲
今夜山深处，断魂分付潮回去。
⊙●○○▲　●○⊙●○○▲

九六　河满子

双调七十四字，前后片各六句三平韵。

河满子·雾霾

次韵孙洙[①]《河满子·秋怨》

似雾亏辰晦景，如烟弥漫无音。
路客擦肩偏误认，熟人错过相临。
车遇途中困旅，身难离座分砧。

空浊重云紧闭，灰霾阻雨天阴。
人若无情天亦囧，浮尘污染谁禁？
朗月清风少见，青天白日难寻。

① 孙洙（1031—1079 年），字巨源，广陵（今江苏扬州）人。北宋词人。

例词　孙洙《河满子·秋怨》

《钦定词谱》卷三上

怅望浮生急景，凄凉宝瑟余音。

楚客多情偏怨别，碧山远水登临。
●◎◎⊙○◎●　●○○●○△
目送连天衰草，夜阑几处疏砧。
●●○○○●　●○○●○△

黄叶无风自落，秋云不雨长阴。
○●○○●●　●○○●○△
天若有情天亦老，摇摇幽恨难禁。
◎◎○⊙○◎●　●○○●○△
惆怅旧欢如梦，觉来无处追寻。
○●●○○●　●○○●○△

九七　烛影摇红

双调九十六字，前后片各九句五仄韵。

烛影摇红·元日

次韵周邦彦《烛影摇红·香脸轻匀》

爆竹声飞，屠苏香细斟杯浅。
五湖紫气顺东来，四海金光转。
梅早萦心春惯，更枝头、花争雪盼。
壬辰辞旧，癸巳迎新，龙蛇欢见。

央视迎春，联欢晚会分时短。
天南地北唱神州，游子他乡远。
破晓歌收星散，向阑干、凭窗望眼。
东方既白，红日初升，曈曈庭院。

例词　周邦彦《烛影摇红·香脸轻匀》

《钦定词谱》卷七上

香脸轻匀，黛眉巧画宫妆浅。

风流天付与精神，全在娇波转。
⊙○⊙●●○○　⊙●○○▲
早是萦心可惯，那更堪、频频顾盼。
◎●⊙○◎▲　●◎⊙　⊙○◎▲
几回得见，见了还休，争如不见。
◎○◎●　◎◎⊙⊙　⊙○◎▲

烛影摇红，夜阑饮散春宵短。
◎●○○　◎○◎●○○▲
当时谁解唱阳关？离恨天涯远。
⊙○⊙●●○○　⊙●○○▲
无奈云收雨散，凭阑干、东风泪眼。
⊙●⊙○◎▲　●⊙⊙　⊙○◎▲
海棠开后，燕子来时，黄昏庭院。
◎○⊙●　◎◎⊙⊙　⊙○⊙▲

九八 琐窗寒

双调九十九字，前片十句四仄韵，后片十句六仄韵。

琐窗寒·年初五

次韵周邦彦《琐窗寒·寒食》

沪上丰餐，浔阳盛宴，远窗临户。
吴头楚尾，共忆一江风雨。
念南门、湖畔岸边，少年同学青春语。
但高中下放，东西南北，泛萍漂旅。

都暮。投缘处，正癸巳迎春，大年初五。
街头唤酒，互敬东西同侣。
盼清明、杨柳絮飞，香歌里拉能去否？
到归时、更有豪情，客醉乡斟俎。

例词　周邦彦《琐窗寒·寒食》

《白香词谱》五〇

暗柳啼鸦，单衣伫立，小帘朱户。

桐花半亩，静锁一庭愁雨。
○○●●　◎●◎○○▲
洒空阶、更阑未休，故人剪烛西窗语。
●⊙○　⊙⊙◎⊙　◎○◎●○○▲
似楚江暝宿，风灯零乱，少年羁旅。
●◎○◎●　⊙○⊙●　●○○▲
迟暮。嬉游处，正店舍无烟，禁城百五。
○▲　○○▲　●◎●⊙⊙　●○◎▲

旗亭唤酒，付与高阳俦侣。
○○◎●　●●⊙○○▲
想东园、桃李自春，小唇秀靥今在否？
●⊙○　⊙●◎○　◎⊙●●○◎▲
到归时、定有残英，待客携樽俎。
●⊙○　◎●○○　●◎○⊙▲

九九　解语花

双调一百字，前片九句六仄韵，后片九句七仄韵。

解语花・徐家汇元宵夜

银盘正满，玉树婆娑，丁酉元宵夜。
月华流瓦，天桥外、地铁中心上下。
东方商厦，第六百、环球数码。
港汇楼[①]、万户千门，七彩霓虹架。

莱塞[②]空间尽射，看街头巷尾，车水龙马。
倾城游冶，春风里、海纳百川平野。
魔都是也，望眼处、景区如画。
值此时、人影参差，解语花香麝。

①“东方”三句：指徐汇广场商圈的港汇商城、美罗城、环球数码、东方商厦、六百公司等店名。② 莱塞：指激光。

解语花・元宵

银盘正满，玉树婆娑，三五元宵夜。
月华流瓦。天桥上、六百东方商厦。

环球数码，穿港汇、空间视野。
地铁中、巷尾街头，十里飘香麝。

远近投灯尽泻，看千门万户，车水龙马。
倾城游冶。春风里、楼宇景都成画。
烟花焰射，望眼处、星如雨下。
吹落时、笑语欢声，七彩争冠亚。

例词　秦观《解语花·窗涵月影》

《钦定词谱》卷二八上

窗涵月影，瓦冷霜华，深院重门悄。
◯◯●●　●●◯◯　◯◎⊙◯▲
画楼雪杪，谁家笛、弄彻梅花新调。
●◯◎▲　⊙◯◎　◎●⊙◯⊙▲
寒灯凝照，见锦帐、双鸾飞绕。
⊙◯⊙▲　◎◎●　⊙◯⊙▲
当此时、倚几沉吟，好景都成恼。
⊙●◯　◎●◯◯　◎●◯◯▲

曾过云山烟岛，当绣襦甲帐，亲逢一笑。
⊙◎⊙⊙⊙▲　●◎◯◎●　⊙⊙◎▲
人间年少，多情子、唯恨相逢不早。
⊙◯◯▲　⊙◯◎　⊙●⊙◯◎▲

如今见了，却又惹、许多愁抱。
○○●▲ ◎◎● ◎○⊙▲
算此情、除是青禽，为我殷勤报。
◎●○ ⊙●○○ ◎◎○○▲

一〇〇 昭君怨

又名《宴西园》。双调四十字，前后片各四句，两仄韵、两平韵。

昭君怨·贺新年

柳絮纷纷花异，玉蝶翩翩飞似。
香雪染梅开，送春来。

寒里喜迎癸巳，富贵满堂添岁。
福禄寿三全，贺新年。

昭君怨·马年初五

次韵万俟咏[①]《昭君怨·春望》

初五立春冬尽，情满新年喜信。
对酒话喧寒，举杯干。

诗出庐山天倚，词赋浦江云水。
两处宴升华，雾难遮。

① 万俟咏：籍贯与生卒年均不详，北宋末南宋初词人。字

雅言，自号词隐、大梁词隐。以诗赋见称于时。

昭君怨·猴年初五聚会

又是新年初五，春到沪浔两处。
千里望南山，举杯干。

柯府同窗聚会，姐妹弟兄万岁。
一曲夕阳红。笑东风。

例词 万俟咏《昭君怨·春望》

《钦定词谱》卷三下

春到南楼雪尽，惊动灯期花信。
⊙●⊙○◎▲ ⊙●⊙○⊙▲
小雨一番寒，倚阑干。
◎●●○△ ●○△

莫把阑干频倚，换仄韵 一望几重烟水。
◎●⊙○⊙▲ ◎●◎○⊙▲
何处是京华？换平韵 暮云遮。
⊙●●○△ ●○△

一〇一 感皇恩

双调六十七字，前后片各七句四仄韵。

感皇恩·重聚

桌上手机响，九江来电，笑语欢声故人远。
弟兄校友，聚会情亲重见。木林[1]回海口，天涯畔。

烟水亭边，长堤柳岸，乡土农家送行宴。
炒椿香嫩，更有刀鱼鲜软。茅台添雅趣，留思念。

① 木林：作者同学欧阳木林。

例词　毛滂《感皇恩·绿水小河亭》

《钦定词谱》卷一五下

绿水小河亭，朱阑碧甃，江月娟娟上高柳。
◎●●○○　⊙○◎▲　⊙●○○●○▲
画楼缥缈，尽挂窗纱帘绣。月明知我意，来相就。
◎○◎●　◎●⊙○○▲　◎○○●●　○○▲

银字吹笙，金貂取酒，小小微风弄襟袖。
⊙●⊙○　⊙○◎▲　◎●○○●○▲
宝熏浓炷，人共博山烟瘦。露凉钗燕冷，更深后。
●○⊙●　⊙●◎○○▲　◎○⊙●◎　⊙⊙▲

一〇二　薄　幸

双调一百零八字，前片九句五仄韵，后片十句五仄韵。

薄幸·世间诸态

次韵贺铸《薄幸·淡妆多态》

世间诸态，把万事、纷纷顾睐。
便识得、驱驰呼利，空惹物情虚带。
细思量、天下人间，忙忙碌碌能何奈？
算七十年高，六龄幼小，青少求知寻解。

自贺铸、千年后，多淡忘、踏青挑菜①。
正春风杨柳，莺莺燕燕，往来飞越穿云碍。
眼前难再，好追欢及早，游山玩水无牵赖。
三三两两，犹是逍遥自在。

① 踏青挑菜：旧俗农历二月初二到清明为挑菜时节，仕女出郊拾菜，士民游观其间。

例词　贺铸《薄幸·淡妆多态》

《钦定词谱》卷三五上

淡妆多态，更的的、频回眄睐。
●○○▲　●◎●　○○●▲
便认得、琴心先许，与绾合欢双带。
●◎●　○○○●　◎●◎○⊙▲
记画堂、风月逢迎，轻颦浅笑娇无奈。
●◎○　○●○○　○○●●○○▲
向睡鸭炉边，翔鸳屏里，羞把香罗暗解。
●●●○○　⊙○⊙●　⊙●○○⊙▲

自过了、烧灯后，都不见、踏青挑菜。
◎◎●　○○●　⊙●●　◎○●▲
几回凭双燕，丁宁深意，往来翻恨重帘碍。
◎○⊙⊙●　○○⊙●　◎○⊙●○○▲
约何时再，正春浓酒暖，人闲昼永无聊赖。
●○○▲　●○○◎●　○○●●○○▲
恹恹睡起，犹有花梢日在。
○○●●　⊙●○○●▲

一〇三　南　　浦

双调一百零五字，前后片各十句五仄韵。

南浦·春归

次韵程垓《南浦·春暮》

看处蓼汀洲，水岸边，盈盈一片春绪。
雨霁霭云收，长堤外、吹尽漫天愁絮。
声留雁过，追思南宋程垓语。
倚栏立伫，听逝水流年，可堪虚度？

新巢旧燕双归，正飞剪珠帘，衔泥滩浦。
翠柳吐青丝，群芳艳、好一阵梨烟雨。
邀朋聚友，旅游郊野乡村处。
杜声旷宇，犹在解花前，蝶来蜂去。

南浦·南康军①

次韵文天祥②·南康军和苏东坡，依《酹江月》③词。

依旧数风流，自古来，庐山云雾天物。
空翠湿晴岚，参差处，五老嶂山崖壁。
猿归雁过，鄱湖风急波成雪。

两爻未歇，看岁月流年，古今英杰。

堪嗟北上孤舟，客梦斗河倾，凌晨催发。
南浦水云闲，连芳草、回首赤旗灰灭。
时年四十，鬓间空有星华发。
清笳吹彻，深夜一山愁，寒天残月。

① 南康军：北宋太平兴国七年（982 年）置，治所在星子县（今江西星子县）。② 文天祥（1236—1283 年），领兵拒元，因叛徒出卖，于祥兴元年（1278 年）十二月，在五岭坡（今广东海丰北）被捕。后文天祥被押送北上，为酬答邓剡，写了一首《酹江月・和友〈驿中言别〉》。途经南康军时还写下了一首《南康军和苏东坡〈酹江月〉》。③《酹江月》：词牌名，即《念奴娇》。苏东坡的《酹江月》，是指苏东坡写于元丰五年（1082 年）七月的《念奴娇・赤壁怀古》。

例词　程垓《南浦・春暮》

《钦定词谱》卷三三下

金鸭懒熏香，向晚来，春酲一枕无绪。
○●●○○　●●○　○○●●○▲
浓绿涨瑶窗，东风外、吹尽乱红飞絮。
○●●○○　○○●　○●●○○▲
无言伫立，断肠惟有流莺语。
○○●●　●○○●○○▲

碧云欲暮，空惆怅韶华，一时虚度。
●○●▲　○○●○○　●○○▲

追思旧日心情，记题叶西楼，吹花南浦。
○○●●○○　●○●○○　○○○▲
老去觉欢疏，伤春恨、都付断云残雨。
●●●○○　○○●　○●●○○▲
黄昏院落，问谁犹在凭阑处。
○○●●　●○○●○○▲
可堪杜宇，空只解声声，催他春去。
●○●▲　○●●○○　○○○▲

一〇四 潇湘夜雨

双调九十三字，前片各九句四平韵，后片十句四平韵。

潇湘夜雨·杨花（一）

烟柳如云，飞绒似雪，是花还是非花。
长条枝上水边家。
吹坠远、绵扬粉洒，飘不定、纷絮群葩。
空闲处，沾球漫旋，碎影轻遮。

时儿渐上，时儿欲下，直竖横斜。
散英随风愿，来往天涯。
纤袅袅、柔姿妩媚，开正好、春色繁华。
思量久，杨花却是，无意惹人遐。

例词　赵长卿《潇湘夜雨·灯花》

《白香词谱》五七

斜点银釭，高擎莲炬，夜寒不耐微风。
⊙●○○　⊙○⊙●　◎○⊙●○△
重重帘幕掩堂中。
⊙○⊙●●○△

香渐远、长烟袅褪，光不定、寒影摇红。
○●●　○○●●　○●●　○●○△
偏奇处，当庭月暗，吐焰如虹。
○○●　○○●●　●●○△

红裳呈艳，丽娥一见，无奈狂踪。
⊙○⊙●　◎○⊙●　⊙●○△
试烦他纤手，卷上纱笼。
●⊙○○●　◎●○△
开正好、银花照夜，堆不尽、金粟凝空。
○●●　○○●●　○●●　○●○△
叮咛语，频将好事，来报主人公。
○○●　○○●●　⊙●●○△

潇湘夜雨·杨花（二）

烟柳如云，飞绒似雪，是花还是非花。
长条枝上，倒映水边家。
吹坠远、绵扬粉洒，飘不定、纷絮群葩。
空闲处，沾球漫旋，碎影又轻遮。

看时儿渐上，时儿欲下，直竖横斜。
散英随愿，来往天涯。
纤袅袅、柔姿妩媚，开正好、春色繁华。
思量久，杨花却是，无意惹人遐。

同一例 《满庭芳》双调九十六字，前后段各十句，四平韵。晁补之词，有“堪与潇湘暮雨，图上画扁舟”句，又名《潇湘夜雨》。

赵长卿《潇湘夜雨·灯花》

《钦定词谱》卷二四上

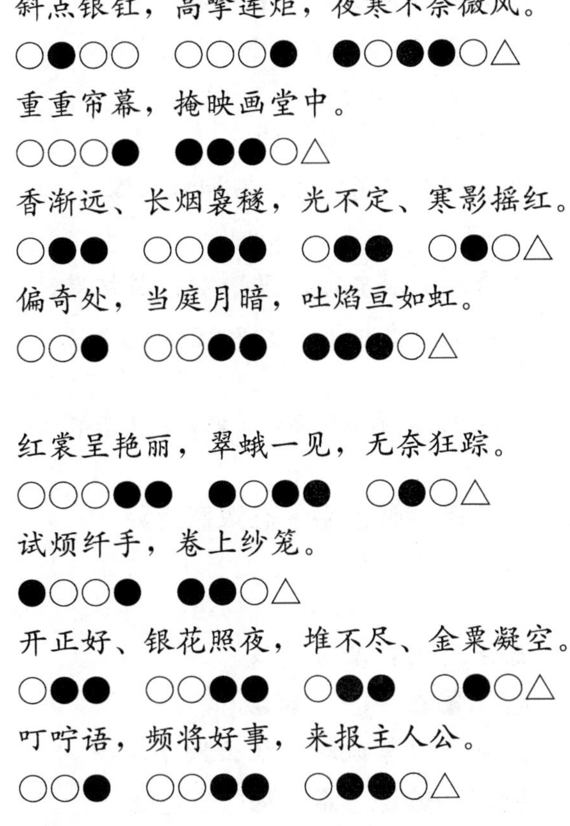

斜点银釭，高擎莲炬，夜寒不奈微风。
○●○○ ○○○● ●○●●○△
重重帘幕，掩映画堂中。
○○○● ●●●○△
香渐远、长烟袅穟，光不定、寒影摇红。
○●● ○○●● ○●● ○●○△
偏奇处，当庭月暗，吐焰亘如虹。
○○● ○○●● ●●●○△

红裳呈艳丽，翠蛾一见，无奈狂踪。
○○○●● ●○●● ○●○△
试烦纤手，卷上纱笼。
●○○● ●●○△
开正好、银花照夜，堆不尽、金粟凝空。
○●● ○○●● ○●● ○●○△
叮咛语，频将好事，来报主人公。
○○● ○○●● ○●●○△

一〇五　醉太平

双调四十五字，前片四句四仄韵，后片五句四仄韵。

醉太平·石榴花

次韵辛弃疾《醉太平·态浓意远》

醉浓丽远，朱颜粉浅。
柳眉樱颗玉荑[①]软，石榴裙浪卷。

华清池水温泉暖，君情重，斟杯满。
自是追欢上朝懒，见时犹恨晚。

① 荑：读作 tí，是茅草的嫩芽，形容美人手的洁白柔嫩。

例词　辛弃疾《醉太平·态浓意远》

《钦定词谱》卷三上

态浓意远，眉颦笑浅。
◎○●▲　○○●▲
薄罗衣窄絮风软，鬓云欺翠卷。
●○○●●○▲　●○○◎▲

南园花树春光暖，香径里，榆钱满。

○○⊙◎⊙○▲　○◎●　⊙○▲

欲上秋千又惊懒，且归休怕晚。

●●○○●○▲　●⊙⊙◎▲

一〇六　瑞鹤仙

双调一百零二字，前片十一句七仄韵，后片十一句六仄韵，起句及结句倒数第二句，皆上一、下四句式。

瑞鹤仙·同酌

次韵周邦彦《瑞鹤仙·悄郊园带郭》

望斜阳转郭，寻九六[①]，问路匆匆淡漠。
天边晚霞落，映余红，依恋俏江南[②]角。
车行怠弱，说绕弯、前有预约。
定潇湘[③]美食，大家应邀，一起同酌。

归夜不知早暮，沉醉飘然，觉醒天阁。
银屏宇幕，消残酒、遇良药。
奈东风，谷雨吹花摇柳，春光还又作恶。
正幽情占却，犹享浅斟共乐。

① 九六：指浦东 96 广场。② 俏江南：此处指餐饮名店。③ 潇湘：此处指潇湘美食店。

例词　周邦彦《瑞鹤仙·悄郊园带郭》

《钦定词谱》卷三一上

悄郊园带郭，行路永，客去车尘漠漠。
●○○●▲　⊙◎◎　◎◎○⊙◎▲
斜阳映山落，敛余红，犹恋孤城阑角。
○○◎⊙▲　◎○⊙　⊙●⊙○○▲
凌波步弱，过短亭、何用素约？
⊙○●▲　●◎○　○◎●▲
有流莺劝我，重解绣鞍，缓引春酌。
●○○●●　○◎⊙⊙　●◎○▲

不记归时早暮，上马谁扶？醒眠朱阁。
◎●○○◎●　◎◎○⊙　●⊙○▲
惊飙动幕，扶残醉，绕红药。
⊙○●▲　⊙⊙●　◎○▲
叹西园，已是花深无地，东风何事又恶。
●○○　◎●○○○●　○⊙⊙◎◎▲
任流光过却，犹喜洞天自乐。
●○○●▲　○◎●○●▲

一〇七　风 入 松

双调七十六字，前后片各六句四平韵，第二句亦有作四言“◎●○△”者。

风入松·石榴

次韵俞国宝[①]《风入松·一春长费买花钱》

侵阶夜雨湿苔钱，残萼歇无边。
榴花似火芳菲现，贵妃裙、醉舞樽前。
红杏靥含一笑，绿杨蛾黛三千。

妖娆五月焰燃天，翠盖伞低偏。
煌煌晔晔东风里，动情处、腮点晕烟。
柔媚盛开娇蕊，热情怒染钗钿[②]。

① 俞国宝，字不详，号醒庵，江西抚州临川人。南宋诗人。
② 钗钿：金花、金钗等妇女首饰。

例词　俞国宝《风入松·一春长费买花钱》

《唐宋词格律》三五

一春长费买花钱，日日醉湖边。
◎○◎●●○△　◎●●○△

玉骢惯识西湖路，骄嘶过、沽酒楼前。
◎○◎●○○●　◎●⊙　⊙●○△
红杏香中箫鼓，绿杨影里秋千。
⊙●○○○●　◎○◎●○△

暖风十里丽人天，花压鬓云偏。
◎○◎●●○△　⊙●●○△。
画船载取春归去，余情付、湖水湖烟。
◎○◎●○○●　⊙○◎　⊙●○△
明日重扶残醉，来寻陌上花钿。
⊙●○○○●　⊙○◎●○△

一〇八　瑶台聚八仙

又名《新雁过妆楼》。双调九十九字，前片九句六平韵，后片十句四平韵。

瑶台聚八仙·即兴

次韵张炎①《瑶台聚八仙·寄兴》

明月婵娟，千里远、传短信发邀笺。
断桥相见，西子十景湖边。
花径弯来吴越女，柳阴绕处画移船。
棹缠绵。小舟载取，云水云川。

同游江南塞北，望长河落日，大漠孤烟。
对酒当歌，携手月下风前。
共书乐府双璧②，博李杜、苏黄笑九泉。
吟今韵，叹后生可畏，词运长天。

① 张炎（1248—约 1320 年），南宋词人，字叔夏，号玉田，又号乐笑翁。临安（今浙江杭州）人。② 乐府双璧：指中国文学史上两部长篇叙事诗《木兰诗》和《孔雀东南飞》。

例词　张炎《瑶台聚八仙·寄兴》

《白香词谱》七〇

秋月娟娟，人正远、鱼雁待拂吟笺。
◎●○△　○⊙●　⊙⊙●●○△
也知游事，多在第二桥边。
●⊙◎◎　⊙●●●○△
花底鸳鸯深处睡，柳阴淡隔里湖船。
●●○○○●●　⊙○●●●○△
路绵绵。梦吹旧曲，如此山川。
●○△　●○●●　⊙●○△

平生几两谢屐，便放歌自得，直上风烟。
⊙○⊙○●●　●◎○●●　◎●○△
峭壁谁家，长啸竟落松前。
●⊙◎◎　○◎●●○△
十年孤剑万里，又何似、畦分抱瓮泉。
○○◎⊙●●　●◎●　○○⊙●△
中山酒，且醉餐石髓，白眼青天。
○○●　●◎○○●　⊙◎○△

一〇九　荆州亭

又名《江亭怨》。双调四十六字，前后片各四句，三仄韵。

荆州亭·五一

次韵吴城小龙女《荆州亭·题柱》①

帘卷暮云独倚，看落夕阳天际。
望眼远江西，愁上眉头眼尾。

绿满百花渐委，五一思乡犹起。
题柱次江东，短信飞传千里。

①《荆州亭·题柱》：按《冷斋夜话》云："黄鲁直（黄庭坚）登荆州亭，见亭柱间有此词（即上例词），夜梦一女子云'有感而作'，鲁直惊悟曰：'此必吴城小龙女也。'因又名《荆州亭》。"

例词　吴城小龙女《荆州亭·题柱》

《白香词谱》七五
《钦定词谱》卷六上

帘卷曲阑独倚，江展暮云无际。

泪眼不曾晴，家在吴头楚尾。
●●●○○　○●○○●▲

数点落花乱委，扑漉沙鸥惊起。
●●●○●▲　●●○○○▲
诗句欲成时，没入苍烟丛里。
○●●○○　●●○○○▲

一一〇　凤凰台上忆吹箫

双调九十五字，前片十句四平韵，后片十一句五平韵。

凤凰台上忆吹箫・别情怀古

次韵李清照《凤凰台上忆吹箫・香冷金猊》

词冷深山，律沉沧海，舶来无调歌头。
乱五音平仄，横竖弯钩。
华夏平和盛世，多少事、不说难休。
看唐宋，书香墨韵，笔赋春秋。

今朝，感时咏史，征羽角商宫，古谱残留。
念易安居士，金石藏楼。
中国诗词歌赋，复兴梦。文化回眸。
回眸处，虔诚敬尊，再现成愁。

例词　李清照《凤凰台上忆吹箫・香冷金猊》

《唐宋词格律》四一

香冷金猊，被翻红浪，起来人未梳头。

任宝奁闲掩，日上帘钩。

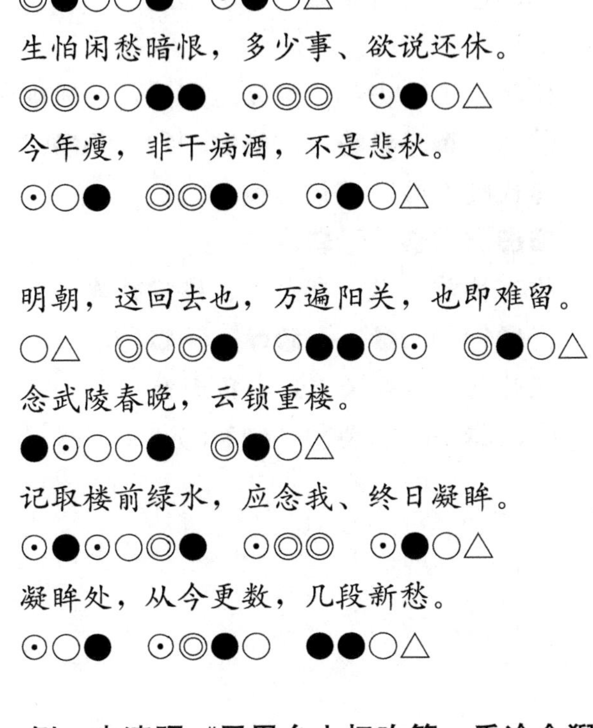

◎●○○●　⊙●○△

生怕闲愁暗恨，多少事、欲说还休。

◎◎⊙○●●　⊙◎◎　⊙●○△

今年瘦，非干病酒，不是悲秋。

⊙○●　◎◎●⊙　⊙●○△

明朝，这回去也，万遍阳关，也即难留。

○△　◎○◎●　○●●○⊙　◎●○△

念武陵春晚，云锁重楼。

●⊙○○●　◎●○△

记取楼前绿水，应念我、终日凝眸。

⊙●⊙○◎●　⊙◎◎　⊙●○△

凝眸处，从今更数，几段新愁。

⊙○●　⊙◎●○　●●○△

同一例　李清照《凤凰台上忆吹箫·香冷金猊》

《钦定词谱》卷二五上

香冷金猊，被翻红浪，起来慵自梳头。

○●○○　●○○●　●○○●○△

任宝奁尘满，日上帘钩。

●●○○●　●●○△

生怕离怀别苦，多少事、欲说还休。

○●○○●●　○●●　●●○△

新来瘦，非干病酒，不是悲秋。

○○●　○○●●　●●○△

休休。这回去也，千万遍阳关，也则难留。

○△　●○●●　○●●○○　●●○△

念武陵人远，烟锁秦楼。

●●○○●　○●○△

惟有楼前流水，应念我、终日凝眸。

○●○○○●　○●●　○●○△

凝眸处，从今又添，一段新愁。

○○●　○○●○　●●○△

一一一 陌上花

双调九十八字，前后片各八句四仄韵。

陌上花·栀子花

次韵张翥[①]《陌上花·关山梦里归来》

栀花未早春来，依念夏风熏晚。
暗吐芬芳，香杀绿茵池馆。
日斜影合风还见，夕下敛霞犹断。
一枝开、的的伫凝眉黛，梦云随散。

似钱塘、古越浣纱女，腼腆含情参半。
素雅清幽，迎露向南朝暖。
玉华钿带堆云髻，留取琼花鱼雁[②]。
待端阳、再现当年西子，这般娇懒。

① 张翥（1287—1368 年），字仲举，晋宁（今山西临汾）人。元代诗人。② 鱼雁：古称书信为“鱼雁”。在我国古代，鱼雁和书信有着密切的渊源，古诗文中留有许多记载，如“关山梦魂长，鱼雁音尘少”“鱼书欲寄何由达？水远山长处处同”等。

例词　张翥《陌上花·关山梦里归来》

《钦定词谱》卷二六下

关山梦里归来，还又岁华催晚。
○○●●○○　○●●○○▲
马影鸡声，谙尽倦游荒馆。
●●○○　○●●○○▲
绿笺密寄多情事，一看一回肠断。
●○●●○○●　●●●○○▲
待殷勤、寄与旧游莺燕，水流云散。
●○○　●●●○○●　●○○▲

满罗衫、是酒痕凝处，唾碧啼红相半。
●○○　●●○○●　●●○○○▲
只恐梅花，瘦倚夜寒谁暖。
●●○○　●●●○○▲
不成便没相逢日，重整钗鸾筝雁。
●○●●○○●　○●○○○▲
但何郎、纵有春风词笔，病怀浑懒。
●○○　●●○○○●　○○○▲

一一二　玉漏迟

双调九十四字，前片十句五仄韵，后片九句四仄韵。

玉漏迟·重游黄山

次韵元好问[①]《玉漏迟·咏怀》

对孤峰壁杳，层峦迭嶂，飞松苍鸟。
黄帝天都，客梦与云相绕。
犹记先贤旧句，更念起、汪莘[②]词调。
苏轼笑，诗仙太白，凤箫歌啸。

重游四绝三奇，揽五岳千峰，返年青少。
未减当年，六十六浑忘了。
问得灵方妙药，有老友、新朋关照。
归后晓，华发不添还少。

① 元好问（1190—1257 年），字裕之，号遗山，太原秀容（今山西省忻县）人。金末元初作家、史学家。② 汪莘（1155—1227 年），字叔耕，号柳塘，休宁（今属安徽）人。南宋诗人。隐居黄山。曾写有《沁园春·忆黄山》一词，辞采横溢、情韵深厚。

例词　元好问《玉漏迟·咏怀》

《白香词谱》八四

浙江归路杳，西南却羡，投林高鸟。
●○○●▲　○○●●　⊙○○▲
升斗微官，世累苦相萦绕。
⊙●○○　●⊙●○○▲
不似麒麟殿里，又不与、巢由同调。
⊙●○○⊙●　●⊙●　○○○▲
时自笑，虚名负我，半生吟啸。
○●▲　⊙○●●　●○○▲

扰扰马足车尘，被岁月无情，暗消年少。
⊙⊙●●○○　●⊙●○○　⊙○○▲
钟鼎山林，一事几时曾了。
⊙●○○　⊙●●○○▲
四壁秋虫夜雨，更一点、残灯斜照。
⊙●○○●●　⊙●●　○○○▲
清镜晓，白发又添多少。
○●▲　⊙●●○○▲

一一三　摸鱼儿

一名《摸鱼子》，又名《买陂塘》《迈陂塘》《双蕖怨》。双调一百十六字，前片十句七仄韵，后片十一句七仄韵。

摸鱼儿·苏门[①]

次韵晁补之《摸鱼儿·东皋寓居》[②]

怎能消、一生风雨，归来园济州浦。
山东巨野归来子，宦海沉浮离聚。
堪美处，最好是、摸鱼儿岁时随渚。
依稀自舞。叹贬谪回乡，隐居修葺，激愤未全去。

书词赋，与轼随肩并步，乌台[③]新旧争误。
神宗实录[④]书民苦，豪放气横文圃。
今史觑，勘馆阁[⑤]、苏门供职开心许。
诗酬酒语。更赵舞风回，齐歌绕扇，同退[⑥]夕阳暮。

① 苏门：指苏门四学士，即黄庭坚、秦观、晁补之、张耒。②《东皋寓居》：是晁补之的代表作。东皋，即东山，作者在贬谪后退居故乡时，曾修葺了东山的“归去来园”。本词不仅写出园中景色，还叹恨自己为功名而耽误了隐居生涯。③ 乌台：乌台诗案，发生于元丰二年（1079 年）。④ 神宗实录：黄庭坚在实

录院编修《神宗实录》，为修史曾引起了一场政治风波。⑤ 勘馆阁：苏轼任翰林学士时，黄庭坚、秦观、晁补之、张耒俱供职馆阁，他们诗酒酬唱，度过一生中最惬意的时期。⑥ 同退：同时退朝。

例词　晁补之《摸鱼儿·东皋寓居》

《唐宋词格律》一二二

买陂塘、旋栽杨柳，依稀淮岸江浦。
●○○　●○○▲　○○○●○▲
东皋嘉雨新痕涨，沙觜鹭来鸥聚。
●○○●○○●　○●●○○▲
堪爱处，最好是、一川夜月光流渚。
○●▲　●●●　○○○●○○▲
无人独舞。任翠幄张天，柔茵藉地，酒尽未能去。
●○●▲　●●●○○　●○○●　●●●○▲

青绫被，莫忆金闺故步，儒冠曾把身误。
○○●　●●○○●▲　○○○●○▲
弓刀千骑成何事？荒了邵平瓜圃。
○○●●○○●　●●●○○▲
君试觑，满青镜、星星鬓影今如许！
○●▲　○●●　●○○●○○▲
功名浪语。便似得班超，封侯万里，归计恐迟暮。
○○●▲　○●●○○　○○●●　○●●○▲

一一四　东风第一枝

双调一百字，前片九句四仄韵，后片八句五仄韵。

东风第一枝·轿车

次韵张翥《东风第一枝·忆梅》

四个圆轮，三张座椅，交通法规条约。
按章行驶穿梭，如醉驾车似萼[①]。
红灯禁止，绿灯过、时间惊掠。
算秒分、十字相逢，更是槛花笼鹤[②]。

污染处、雾霾厚薄。排气外、暗尘旋落。
堵时轻伴歌声，乱时应听警角[③]。
文明现代，很无奈、纸迷金箔。
漫看得、重写将来，宝马束之高阁。

① 萼：字从艹，从咢。“咢”意为“血盆大口”。“艹”＋“咢”表示“花朵开口”。② 槛花笼鹤：栅栏中的花、笼中的鹤。比喻受到约束的人或物。③ 警角：警哨，警笛。

例词　张翥《东风第一枝·忆梅》

《白香词谱》八九

老树浑苔，横枝未叶，青春肯误芳约。
◎●○○　⊙○◎●　⊙○◎◎○▲
背阴未返冰魂，阳梢已含红萼。
◎○⊙●○○　◎◎◎○◎▲
佳人寒怯，谁惊起、晓来梳掠。
○○◎●　◎◎◎　⊙○○▲
是月斜、花外幺禽，霜冷竹间幽鹤。
●●◎　◎●○○　◎●●○○▲

云淡淡、粉痕渐薄。风细细、冻香又落。
⊙◎◎　◎⊙◎▲　⊙●◎　◎○⊙▲
叩门喜伴金樽，倚阑怕听画角。
◎○⊙●○○　●◎◎○◎▲
依稀梦里，记半面、浅窥珠箔。
⊙○⊙●　◎◎◎　⊙○○▲
甚时得、重写鸾笺，去访旧游东阁。
●◎◎　◎◎○○　◎◎●○○▲

又一体　双调一百字，前片九句六仄韵，后片八句六仄韵。

东风第一枝·六角云窗

次韵吴文英《东风第一枝·倾国倾城》

六角云窗[①]，珠帘卷雾。沙滩海浪信步。
漫看南澳[②]天荒，更知客家淡泞[③]。
长辔远御[④]，九万里、银河岸浦。
亚迪村、龙岗坪山，深圳大鹏湾处。

桃李艳、彩蝶来去，棕榈翠、晓莺穿住。
居家范翁[⑤]关情，乐安陶令争妒。
闻鸡起舞，诏天下、环球壮举。
为盛世、秦、唐、宋、明[⑥]，帝国车马钦赋。

① 六角云窗：比亚迪汽车公司总部大楼为六角形。② 南澳：位于深圳市东部大鹏半岛最南端，东临大亚湾，西临大鹏湾，三面环海，海岸线长达65公里，与香港隔海相望。③ 淡泞：恬静脱俗，安然的样子。④ 长辔远御：放长缰绳，驾马远行。比喻帝王用某种政策、手段羁縻边远地区。⑤ 范翁：即范仲淹。⑥ 秦、唐、宋、明：均为比亚迪汽车公司生产的混合动力车型。

东风第一枝·士林官邸——台湾游（三）

次韵吴文英《东风第一枝·倾国倾城》

月户云窗，珠帘卷雾。天涯海角思步。

墨留士林风香，书染美龄淡泞。
长辔远御，凡尘外、琼楼汉浦。
总统家、中正花园，台北福林街处。

兰吐艳、彩蝶来去，棕榈翠、画眉穿住。
岳阳范翁生情，南山陶令争妒。
闻鸡起舞，告天下、抗倭壮举。
为北伐、推翻满清，介石官邸随赋。

例词　吴文英《东风第一枝·倾国倾城》

《钦定词谱》卷二八下

倾国倾城，非花非雾。春风十里独步。
○●○○　○○○▲　○○●●●▲
胜如西子妖娆，更比太真澹泞。
●○○●○○　●●●○●▲
铅华不御，漫道有、巫山洛浦。
○○●▲　●●●　○○●▲
似恁地、标格无双，镇锁画楼深处。
●●●　○●○○　●●●○○▲

曾被风、容易送去，曾被月、等闲留住。
○●○　○●●▲　○●●　●○○▲
似花翻使花羞，似柳任从柳妒。
●○○●○○　●●●○●▲

不教歌舞，恐化作、彩云轻举。
●○○▲　●●●　●○○▲
信下蔡阳城俱迷，看取宋玉词赋。
●●●○○○○　●●●●○▲

一一五 多 丽

又名《绿头鸭》《鸭头绿》。双调一百三十九字，前片十四句六平韵，后片十二句五平韵。

多丽·重游黄山

望黄山，接天峭壁奇峰。
仞参差、丹崖石柱，神来梦笔芙蓉。
似浮丘、千年采药，炼玉处、羽化升空。
怀古凌云，凭高极目，且将樽酒客迎松。
到西海、夕阳正落，更恋晚霞浓。
多情月，为人留照，夜色朦胧。

看东方、朝晖渐露，墨蓝紫白橙红。
霎时间、人声鼎沸，见日出、天地交融。
黄帝天都，光明神顶，莲花碧嶂尽苍穹。
问向导、白鹅旧事，温伯雪仙翁①？
乘桥蹑、彩虹之约，太白行踪。

①“温伯”句：此处指李白将天宝十二年（753 年）游黄山的一些轶事，写进他的诗篇，流传于黄山一带民间。其中有一首就是《送温处士归黄山白鹅峰旧居》。

例词　晁端礼《多丽·晚云收》

《钦定词谱》卷三七下

《唐宋词格律》五二

晚云收，淡天一片琉璃。
●○○　●○◎●○△
烂银盘、来从海底，皓色千里澄辉。
●○○　⊙○◎●　◎◎⊙●○△
莹无尘、素娥淡伫，静可数、丹桂参差。
●⊙⊙　◎○◎●　◎◎●　⊙●○△
玉露初零，金风未凛，一年无似此佳时。
◎●○○　⊙○●●　◎○⊙●●○△
露坐久、疏萤时度，乌鹊正南飞。
●◎◎　⊙○○●　⊙●●○△
瑶台冷，阑干凭暖，欲下迟迟。
○⊙●　⊙○⊙◎　◎●○△

念佳人、音尘隔后，对此应解相思。
●⊙○　⊙○◎●　●◎○●○△
最关情、漏声正永，暗断肠、花影潜移。
●⊙○　●○⊙●　◎◎⊙　⊙◎○△
料得来宵，清光未减，阴晴天气又争知？
◎●○○　⊙○●●　⊙○⊙●●○△

共凝恋、如今别后，还是隔年期。
◎⊙●　⊙○◎●　⊙●●○△
人强健，清尊素月，长愿相随。
○⊙●　⊙⊙◎◎　●●○△

一一六 柳梢青

双调四十九字，前片六句三平韵，后片五句三平韵。

柳梢青·端午

烟雨梅黄，熏风麦熟，粽叶飘香。
午日天中，龙舟争渡，华夏端阳。

五湖四海三湘，粽虽小、情怀屈殇。
不尽离骚，美人香草，汨水流长。

例词　秦观《柳梢青·岸草平沙》
《钦定词谱》卷七下

岸草平沙，吴王故苑，柳袅烟斜。
◎●○△　⊙○◎●　◎●○△
雨后寒轻，风前香细，春在梨花。
◎●○○　⊙○⊙●　⊙●○△

行人一棹天涯，酒醒处、残阳乱鸦。
⊙○◎●○△　◎◎●　○○●△
门外秋千，墙头红粉，深院谁家？
⊙●○○　⊙○⊙●　⊙●○△

一一七 解佩令

双调六十六字，前段七句三仄韵，后段六句三仄韵。

解佩令·有感

次韵朱彝尊[①]《解佩令·自题词集》

白香九六，榆生八一[②]，倚康熙[③]、每句都填尽。
古韵新词，发短信、空中无恨。秒之间，不惊霜鬓。

宋贤秦七，宋贤黄九[④]，谪仙声、子瞻相近。
秀水彝尊，解佩令、驱芳离粉。算清空[⑤]、自题丢分。

① 朱彝尊（1629—1709年），清代词人。字锡鬯，号竹垞，晚号小长芦钓鱼师，又号金风亭长。秀水（今浙江嘉兴市）人。②“白香”两句：指《解佩令》词谱在《白香词谱》第九六首，《唐宋词格律》第八一首。③ 康熙：指《钦定词谱》。④“宋贤”两句：指秦观排行第七，黄庭坚排行第九，故称。⑤ 清空：是一种诗词的风格，源出张炎《词源》推尊姜夔词“如野云孤飞，去留无迹”，“不惟清空，又且骚雅，读之使人神观飞越”。

例词　朱彝尊《解佩令·自题词集》

《白香词谱》九六

十年磨剑，五陵结客，把平生、涕泪都飘尽。

◎○⊙●　◎○◎●　●○○　⊙●○○▲

老去填词，一半是、空中传恨。几曾围，燕钗蝉鬓。

◎●○○　●◎◎　⊙○○▲　◎○○　◎○⊙▲

不师秦七，不师黄九，倚新声、玉田差近。

◎○⊙●　◎○⊙●　●○○　●○○▲

落拓江湖，且分付、歌筵红粉。料封侯、白头无分。

◎●○○　●⊙●　⊙○○▲　●○○　●○⊙▲

一一八　高阳台

双调一百字，前后片各十句四平韵。

高阳台·寒窗

次韵周密[①]《高阳台·寄越中诸友》

梦绕寒窗，花开斗室，梅兰松竹亲葭。
诗韵厅堂，墨香屋里书家。
兰亭序卷空灵现，奈古今、岁隔时遮。
感羲之，铁画银钩，点曳横斜。

挥毫字字神来笔，练前唐登善[②]，清末兰沙[③]。
宣纸张张，丹青笑说年华。
刚柔细腻行云走，似水流、袅娜无涯。
有知音，满屋生辉，满室香花。

① 周密（1232—1298年），字公谨，号草窗，又号四水潜夫、弁阳老人、华不注山人。南宋文学家。② 登善：即褚遂良（596—658年），字登善。唐朝书法家。③ 兰沙：即沙孟海（1900—1992年），浙江鄞县人。20世纪书坛泰斗。在语言文字、文史、考古、书法、篆刻等方面均深有研究。

例词　周密《高阳台·寄越中诸友》

《唐宋词格律》四五

小雨分江，残寒迷浦，春容浅入蒹葭。
⊙●○○　⊙○●●　⊙○◎●○△
雪霁空城，燕归何处人家？
◎●○○　◎⊙◎●○△
梦魂欲渡苍茫去，怕梦轻、翻被愁遮。
⊙⊙◎●○○●　●◎○　◎●○△
感流年，夜汐东还，冷照西斜。
●○○　◎●○○　◎●○△

萋萋望极王孙草，认云中烟树，鸥外春沙。
⊙○◎●○○●　●⊙○⊙●　⊙●○△
白发青山，可怜相对苍华。
◎●○○　◎⊙⊙●○△
归鸿自趁潮回去，笑倦游、犹是天涯。
◎⊙◎●○○●　●⊙○　◎●○△
问东风，先到垂杨，后到梅花？
●○○　⊙●○○　⊙●○△

一一九　春风袅娜

双调一百二十五字，前片十二句五平韵，后片十五句五平韵。

春风袅娜·夏

次韵朱彝尊《春风袅娜·游丝》

夏风催燕乳，暑气升华。亲水岸，喜滩沙。
正枝头果熟，园林野鸟；低阴草漫，湿地虫蛇。
树上蝉鸣，田间蛙闹，绿满荷塘君子花。
立面空调热风远，迎门吹冷隔帘纱。

昨夜凯旋周末，虹桥对酒，凭栏处、月影檐牙。
高楼外，短垣遮。游人闹市，好景商家。
乡里柴门，行来团扇；城中富贵，走去随车。
浑身汗雨，笑骄阳似火，春风淡定，袅娜无涯。

例词　朱彝尊《春风袅娜·游丝》

《白香词谱》九九

倩东君着力，系住韶华。穿小径，漾晴沙。

正阴云笼日，难寻野马；轻飔染草，细绾秋蛇。
●○○　●●●○○●　●○○●　○●○△
燕蹴还低，莺衔忽溜，惹却黄须无数花。
●●○○　○○○●　●●○○○●△
纵许悠扬度朱户，终愁人影隔窗纱。
●●○○●○●　○○○●●○△

惆怅谢娘池阁，湘帘乍卷，凝斜盼、近拂檐牙。
○●○○●●　○○●●　●○●　●●○△
疏篱罥，短垣遮。微风别院，好景谁家？
○○●　●○△　○○●●　○●○△
红袖招时，偏随罗扇；玉鞭堕处，又逐香车。
●●○○　●○○●　●○○●　●●○△
休憎轻薄，笑多情似我，春心不定，飞梦天涯。
○○○●　●○○○●　○○●●　○●○△

一二〇　夺锦标

双调一百零八字，前后片各十句四仄韵。

夺锦标·七夕

次韵白朴[①]《夺锦标·霜水明秋》

新月横舟，银河垂地，万里秋容南北。
七夕星空灿烂，桥架高寒，鹊飞天迹。
想牵牛织女，正相会、令人怜惜。
诉思情、别恨无穷，一夜良宵难得。

催晓参横斗转，月落空回，风露一天星湿。
忍看天河两岸，牛女重逢，见兀长籍[②]。
任天荒地老，对苍穹、秋风新碧。
望东西、别凤离鸾，又等明年消息。

① 白朴（1226—卒年不详），字太素，号兰谷。初名恒，字仁甫，山西河曲人。元代戏曲作家、词人。② 长籍：长期出入宫殿的凭证。

例词　白朴《夺锦标·霜水明秋》

《钦定词谱》卷三五上

霜水明秋，霞天送晚，画出江南江北。
⊙●○○　⊙○◎●　●●○○○▲
满目山围故国，三阁余香，六朝陈迹。
◎●⊙○◎●　○●○○　◎○○▲
有庭花遗谱，弄哀音、令人嗟惜。
●○○◎●　●○◎　⊙○○▲
想当时、天子无愁，自古佳人难得。
●○○　◎●○○　●●○○○▲

惆怅龙沉宫井，石上啼痕，犹点胭脂红湿。
⊙●○○◎●　◎●○○　◎◎◎⊙○▲
去去天荒地老，流水无情，落花狼藉。
◎●⊙○⊙●　⊙●○○　◎○○▲
恨青溪留在，渺重城、烟波空碧。
●○○◎●　●○◎　○○○▲
对西风、谁与招魂，梦里行云消息。
●○○　◎●⊙○　●●○○○▲

一二一　误佳期

双调四十六字，前后片各四句，前三仄韵，后二仄韵。

误佳期·秋夜

银汉云横天脊，迤逦星空夜色。
婵光如水满楼前，直泻风帘隔。

千里故园情，月照空相忆。
举杯对影醉三人，醒散东方白。

例词　汪懋麟《误佳期·寒气暗侵帘幕》
《白香词谱》九四

寒气暗侵帘幕，孤负芳春小约。
⊙●⊙○○▲　⊙●⊙○●▲
庭梅开遍不归来，直恁心情恶。
⊙○⊙●●○○　●●○○▲

独抱影儿眠，背看灯花落。
⊙●●○○　⊙●○○▲
待他重与画眉时，细数郎轻薄。
⊙○⊙●●○○　●●○○▲

一二二　翠楼吟

双调一百一字，前片十一句六仄韵，后片十二句七仄韵。

翠楼吟·仲秋

次韵姜夔《翠楼吟·淳熙丙午冬》

皓月当空，银光满地，青天万般恩赐。
凭栏凝望久，夜街静、风桐轻吹。
商楼相峙。看射影霓虹，投灯成翠。
千顷丽，仲秋归处，满城香细。

蓦地，犹似诗仙，正逐云追梦，御街嬉戏。
欲题词赋句，写今古、闲中忙里。
金陵[①]风味。玉局[②]发清歌，秦观才气。
高楼外，一轮明月，卷帘天霁。

① 金陵：是指王安石，因其晚年家住金陵而称之。② 玉局：指苏轼。苏轼曾因反“新政”被贬至海南岛。赵佶即位后，他遇赦而还。后被任为提举玉局观，因而后人或称之为苏玉局。

例词　姜夔《翠楼吟·月冷龙沙》

《钦定词谱》卷二九下

月冷龙沙，尘清虎落，今年汉酺初赐。

●●○○　○○●●　○○●○○▲

新翻胡部曲，听毡幕、元戎歌吹。

○○○●●　●○●　○○○▲

层楼高峙。看槛曲萦红，檐牙飞翠。

○○○▲　●●●○○　○○○▲

人姝丽，粉香吹下，夜寒风细。

○○▲　●○○●　●○○▲

此地，宜有神仙，拥素云黄鹤，与君游戏。

●▲　○●○○　●●○○●　●○○▲

玉梯凝望久，叹芳草萋萋千里。

●○○●●　●○●○○○▲

天涯情味。仗酒祓清愁，花销英气。

○○○▲　●●●○○　○○○▲

西山外，晚来还卷，一帘秋霁。

○○▲　●○○●　●○○▲

一二三　秋　　霁

双调一百零五字，前片十一句五仄韵，后片十一句四仄韵。

秋霁·重阳有约

次韵陈允平[①]《秋霁·平湖秋月》

帘卷斜阳，送五彩余晖，日落山阒[②]。
鸿雁南归，树桐飘叶，望中更感秋色。
仲秋醉魄，酒醒瑶席浑无迹。
念故国，烟水九江，千里楚天碧。

乡思梦里，几次回家，往来驱车，如虎添翼。
又登高、浔阳有约，无眠更漏数通夕。
遥看广寒天宇窄。
上弦[③]低处，西下半月云端，国安装饰[④]，夜阑闻笛。

① 陈允平，生卒年不详，字君衡，一字衡仲，号西麓。四明（今浙江宁波）鄞县人。南宋末年元朝初年词人。② 阒：读作 qù，寂然无声。③ 上弦：农历每月的初七或初八，在地球上看到月亮呈月牙形，其弧在右侧。这种月相叫“上弦”或“上弦月”。④ 国安装饰：公司名称。

例词　陈允平《秋霁·平湖秋月》

《钦定词谱》卷三四上

千顷玻璃，送满目斜阳，渐下林阒。
○●○○　●●●○○　●●○▲
题叶人归，采菱舟散，望中水天一色。
○●○○　●○○●　●○●○●▲
碾空桂魄，玉绳低转云无迹。
●○●▲　●○○●○○▲
有素鸥，闲伴夜深，呼棹过环碧。
●●○　○●●○　○●●○▲

相思万里，顿隔婵媛，几回琼台，同驻鸾翼。
○○●●　●●○○　●○○○　○●○▲
对西风、凭谁问取，人间那得有今夕。
●○○　○○●●　○○●●●○▲
应笑广寒宫殿窄。
○●●○○●▲
露冷烟淡，还看数点残星，两行新雁，倚楼横笛。
●●○●　○●●●○○　●○○●　●○○▲

一二四　兰陵王

三片一百三十字，前片十一句七仄韵，中片八句五仄韵，后片十句六仄韵。

兰陵王·鸿雁

次韵周邦彦《兰陵王·柳》

撇横直，谁写长空幕碧。
斜阳外，千里草原，望处西风晚秋色。
心中念北国。曾识，南归故客。
高飞雁，联句接行，秋去春来递书尺。

云端渡天迹。看穿雾迎风，航羽帆席。
排成人字言无食。
孤箭去人远，夕阳云乱，回头身后数过驿，
望乡又南北。

愁恻，渐堆积。奈水阔山长，高冷寒寂。
天涯海角无穷极。
恨梦断芳草，诉随羌笛。
青城虽远，但听得，夜漏滴。

例词　周邦彦《兰陵王·柳》

《钦定词谱》卷三七上

柳阴直，烟里丝丝弄碧。
◎○▲ ⊙●○○●▲
隋堤上，曾见几番，拂水飘绵送行色？
○○● ○●◎○ ◎●○⊙●○▲
登临望故国。谁识，京华倦客？
⊙○●◎▲ ○▲ ○○●▲
长亭路，年去岁来，应折柔条过千尺。
○○● ⊙●●○ ⊙●○○●○▲

闲寻旧踪迹。又酒趁哀弦，灯照离席，
⊙○●○▲ ●◎●○⊙ ⊙●○▲
梨花榆火催寒食。
⊙○⊙●⊙○▲
愁一箭风快，半篙波暖，回头迢递便数驿。
⊙◎◎⊙● ◎○⊙● ○⊙◎●●◎▲
望人在天北。
●⊙◎○▲

凄恻，恨堆积。渐别浦萦回，津堠岑寂。
⊙▲ ●○▲ ●◎●○○ ⊙◎○▲
斜阳冉冉春无极。
⊙○◎●○○▲

念月榭携手，露桥闻笛。
●◎◎⊙◎　◎○⊙▲
沉思前事，似梦里，泪暗滴。
⊙⊙⊙◎　●◎●　●◎▲

一二五　夜半乐

三片一百四十四字，前片十句五仄韵，中片九句四仄韵，后片七句五仄韵。

夜半乐・金秋佳节长假

次韵柳永《夜半乐・冻云黯淡天气》

满圆十五佳节，迎来国庆，旗映江河渚。
又九九重阳，再登高处。
走亲访友，修身养性，手机相互传呼，健康推举。
送祝福、叮咛绕黄浦。

月中酒旆[1]醉舞，玉宇琼林，丹桂银树。
如梦里、三天飘然来去。
六天工作，三天放假，七天接着长休，乐中男女。
众高兴、呵呵笑中语。

日月嫌短：玉碾流年，瞬时无驻。
叹逝水、光阴过何据？叙闲情、微信网络天难阻。
更远胜、鸿雁云空路，夕阳无限金秋暮。

① 旆：泛指旌旗。

例词　柳永《夜半乐·冻云黯淡天气》

《钦定词谱》卷三八下

冻云黯淡天气，扁舟一叶，乘兴离江渚。

●○●●○●　○○●●　○●○○▲

渡万壑千岩，越溪深处。

●●●○○　●○○▲

怒涛渐息，樵风乍起，更闻商旅相呼，片帆高举，

●○●●　○○●●　●○○●○○　●○○▲

泛画鹢、翩翩过南浦。

●●●　○○●○▲

望中酒旆闪闪，一簇烟村，数行霜树。

●○●●●●　●●○○　●○○▲

残日下、渔人鸣榔归去。

○●●　○○○○○▲

败荷零落，衰杨掩映，岸边两两三三，浣纱游女。

●○○●　○○●●　●○●●○○　●○○▲

避行客、含羞笑相语。

●○●　○○●○▲

到此因念，绣阁轻抛，浪萍难驻。

●●○●　●●○○　●○○▲

叹后约、丁宁竟何据？惨离怀、空恨岁晚归期阻。

●●●　○○●○▲　●○○　○●●●○○▲

凝泪眼、杳杳神京路，断鸿声远长天暮。

○●●　●●○○▲　●○○●○○▲

一二六　六　　丑

双调一百四十字，前片十四句八仄韵，后片十三句九仄韵。此例用入声部韵，诸领格字并用去声。

六丑・回新洲

次韵周邦彦《六丑・蔷薇谢后作》

正重阳已过，看落叶、梧桐吹掷。
雁归北来，南迁飞倦翼，字字秋迹。
欲问思何处？楚头吴尾，垦地围沙国。
新洲①别后寻乡泽，坝上田间，堤边野陌。
相逢最常珍惜，更朋邀友约，难闭帘槅②。

清阶沉寂，步西端暮碧，再折还东绕，空怅息。
凝尘总扰辞客，望长河逝水，旧情亲极。
江风动、浪翻花帻③。
才又是、岁去人回梦里，渡船滩侧。
知青路、下放潮汐。你我他、有幸今欢聚，犹应庆得。

① 新洲：江西省九江县新洲垦殖场，位于长江中游、湖口县石钟山对岸的一个江心岛上，为当年知青下放的农场。② 槅：读作 gé，门窗上用木条作成的格子，也指房屋或器物的隔板。

③ 帻：读作 zé，头巾，这里比喻江中的浪头、浪花。

例词 周邦彦《六丑·蔷薇谢后作》

《钦定词谱》卷三八上

正单衣试酒，恨客里、光阴虚掷。
●○○●● ●●● ○○○▲
愿春暂留，春归如过翼，一去无迹。
●○●⊙ ○○○●▲ ●●○▲
为问家何在？夜来风雨，葬楚宫倾国。
●●○○● ◎○⊙● ●◎○○▲
钗钿堕处遗香泽，乱点桃蹊，轻翻柳陌。
○○●●○○▲ ●●○○ ○○◎▲
多情更谁追惜？但蜂媒蝶使，时叩窗槅。
○○●○○▲ ●○○●● ⊙●○▲

东园岑寂，渐朦胧暗碧，静绕珍丛底，成叹息。
○○⊙▲ ●○○●▲ ●●○○● ○●▲
长条故惹行客，似牵衣待话，别情无极。
⊙○●●○▲ ●○○◎● ●○○▲
残英小、强簪巾帻。
○○● ◎○○▲
终不似、一朵钗头颤袅，向人欹侧。
○●● ●●○○●● ●○○▲
漂流处、莫趁潮汐。恐断红、尚有相思字，何由见得？
○○● ◎●○▲ ●●⊙ ●●○○● ⊙○●▲

一二七　宝鼎现

此调以康与之《夕阳西下》为正体。三片一百五十七字，前一片九句四仄韵，后两片各八句，五仄韵。领格字处是上一、下四或上一、下三句式，领格字用仄声。

宝鼎现·晚空如画

次韵张元干《宝鼎现·山庄图画》

夕阳西下，笔底烟云，胸中千壑。
看暮霭[①]、晚空如画，天地人间都醉却。
弄月影、听窗边梅熟，墙外篑成笋箨[②]。
望浩瀚银河，星移斗转，词填今昨。

梦寻诗眼[③]灵丹药，东方晓、火发光著[④]。
乘紫气、鸿鹄高飞，逐却残星惊燕雀。
赶却月、照千山辉映，万里清空淡泊。
正羽翮[⑤]双丰，扶摇直上，安施矰缴[⑥]？

商海激荡沉浮，犹范蠡、五湖游乐。
更记朱公[⑦]来去，浑似穿帘卷幕。
任聚散、几迁城阁，智者云中鹗[⑧]。
诏鼎铭钦定，流风余韵，不胜斟勺。

① 暮霭：黄昏时的烟霞。② 笋箨：箨，读作 tuò。细雨过后，春笋破土而出。③ 诗眼：指宋范温所撰诗话著作《潜溪诗眼》。④ 火发光著：宋祖赵匡胤，曾写《日诗》："欲出未出光辣达，千山万山如火发。须臾走向天上来，逐却残星赶却月。"⑤ 羽翮：指鸟羽。翮，羽轴下段不生羽瓣而中空的部分。有诗阅："鸿鹄高飞，一举千里。羽翮已就，横绝四海。横绝四海，当可奈何？虽有矰缴，尚安所施？"⑥ 缴：拴在箭上的生丝绳，用于射鸟。⑦ 朱公：即范蠡（536—448 年），字少伯，华夏族，春秋时期楚国宛地三户（今河南淅川县滔河乡）人。春秋末著名的政治家、军事家、道家学者和经济学家。《太平广记·神仙传》有"在越为范蠡，在齐为鸱夷子，在吴为陶朱公"一说。史学家司马迁称："范蠡三迁皆有荣名。"史书中有语概括其平生："与时逐而不责于人"；世人誉之："忠以为国；智以保身；商以致富，成名天下。"⑧ 鹗：此处比喻有才能的人。

例词 三片一百五十八字，前一片十句四仄韵，后两片各九句五仄韵。

张元干《宝鼎现·山庄图画》

《钦定词谱》卷三八下

山庄图画，锦囊吟咏，胸中丘壑。
○○○●　●○○●　○○○▲
年少日、如虹豪气，吐凤词华浑忘却。
○●●　○○○●　●●○○○○○▲
便袖手、向岩前溪畔，种满烟梢雾箨。
●●●　●○○○●　●●○○●▲

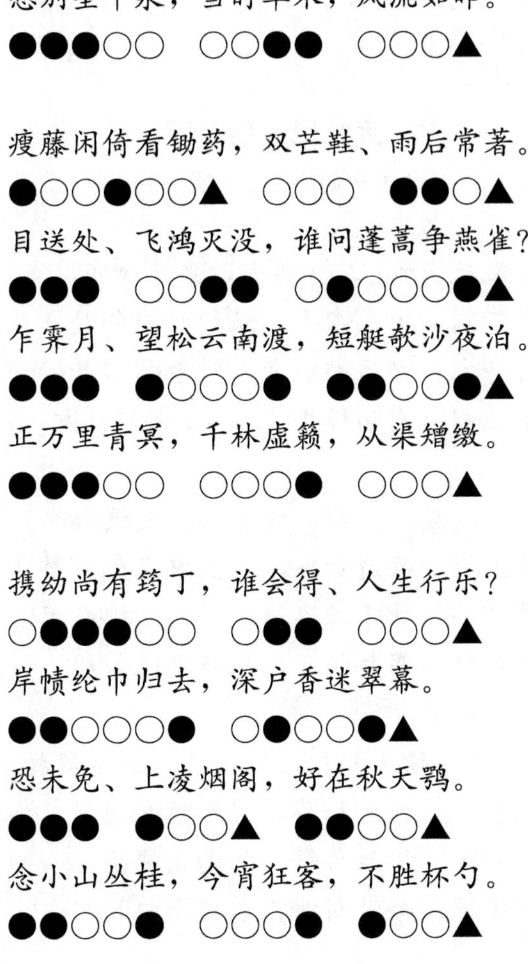

想别墅平泉，当时草木，风流如昨。
●●●○○　○○●●　○○○▲

瘦藤闲倚看锄药，双芒鞋、雨后常著。
●○○●○○▲　○○○　●●○▲
目送处、飞鸿灭没，谁问蓬蒿争燕雀？
●●●　○○●●　○●○○○●▲
乍霁月、望松云南渡，短艇欹沙夜泊。
●●●　●○○○●　●●○○●▲
正万里青冥，千林虚籁，从渠矰缴。
●●●○○　○○○●　○○○▲

携幼尚有箹丁，谁会得、人生行乐？
○●●●○○　○●●　○○○▲
岸帻纶巾归去，深户香迷翠幕。
●●○○○●　○●○○●▲
恐未免、上凌烟阁，好在秋天鹗。
●●●　●○○▲　●●○○▲
念小山丛桂，今宵狂客，不胜杯勺。
●●○○●　○○○●　●○○▲

※　此词三片结俱作五字一句、四字两句，又后片第三句添一字，作六字句，与诸家异。

又一体 三片一百五十八字，前片九句六仄韵，中片八句八仄韵，后片八句五仄韵。

宝鼎现·新洲行

次韵刘辰翁[①]《宝鼎现·怀旧》

晨风天霁[②]，二百男女，乘车街市。
十二辆、中巴东去，正赶时同船渡底。
行舟上、靠后排前座，听老歌心沉醉。
在此刻、空回境止[③]，思绪浪花翻起。

戏说洲尾洲头事，过长江、天淡如水。
晴万里、风清云丽，坝上农家无次第。
棉万朵、更千株连绮，望处延绵数里。
下放时、莘莘学子，似是书沉梦碎。

“文革”插队知青，红一片、还乡笑指。
忆当年、如火如荼，可春难入睡。
但昨夜、愁丝再髻，更雨飞檐坠。
又重现、今日新洲，来我场归故里。

① 刘辰翁（1233—1297年），字会孟，别号须溪，庐陵灌溪（今江西省吉安市吉安县梅塘乡小灌村）人。南宋末年爱国词人。② 霁：雨雪停止，天放晴。③ 空回境止：时间倒流，空间停止。

例词　刘辰翁《宝鼎现·怀旧》

《钦定词谱》卷三八下

此词后片第四句作五字一句，又多押五韵，为变格，与康词异。

红妆春骑，踏月呼影，千旗穿市。
○○○▲　●●○●　○○○▲
望不见、璚楼歌舞，习习香尘莲步底。
●●●　○○○●　●●○○○●▲
箫声断、约彩鸾归去，未怕金吾呵醉。
○○●　●●○○●　●●○○○▲
甚辇路、喧阗且止，听得念奴歌起。
●●●　○○●▲　●●●○○▲

父老犹记宣和事，抱铜仙、清泪如水。
●●○●○○▲　●○○　○●○▲
还转盼、沙河多丽，滉漾明光连邸第。
○●●　○○○▲　●●○○○●▲
帘影动、散红光成绮，月浸蒲桃十里。
○●●　●○○○▲　●●○○●▲
看往来、神仙才子，肯把菱花扑碎。
●●○　○○○▲　●●○○●▲

肠断竹马儿童，空见说、三千乐指。
○●●●○○　○●●　○○●▲

等多时、春不归来，到春时欲睡。
●○○　○●○○　●○○●▲
又说向、灯前拥髻，暗滴鲛珠坠。
●●●　○○●▲　●●○○▲
便当日、亲见霓裳，天上人间梦里。
●○●　○●○○　○●○○●▲

一二八　少年游

双调五十一字，前后片各六句两平韵。

少年游·咏桂

世间尘外，嫦娥宫里，疏影广寒幽。
巷角街头，居家苑内，九里路香留。

红黄白，种分三色，花满月中秋。
贵胜梅兰，稚超桃李，荷菊妒还羞。

例词　周邦彦《少年游·并刀如水》
《唐宋词格律》二六

并刀如水，吴盐胜雪，纤手破新橙。
◎○○●　○○●●　○●●○△
锦幄初温，兽香不断，相对坐调笙。
●●○○　●○○●　⊙●●○△

低声问：向谁行宿？城上已三更。
○○●　●○○●　○●●○△
马滑霜浓，不如休去，直是少人行。
●●○○　●○○●　◎●●○△

一二九 击梧桐

双调一百零八字，前片十句四仄韵，后片九句四仄韵。

击梧桐·秋意

次韵柳永《击梧桐·香靥深深》

黄菊花香，红枫叶醉，景艳朝阳春与。
默望天街，暗守山盟，碧水澄空烟素。
金秋共约同芳，定是曾把、欢期来许。
说尽风流，说尽缠绵，梦有千般思虑。

近日闲来，凭阑无绪，逝水呢喃低语。
似与说、春时夏季，百草韶光空负。
网络云中彩信，红情绿意暗香赋。
句长短、心笺万迭，书传鸿雁去。

例词　柳永《击梧桐·香靥深深》

《钦定词谱》卷三四下

香靥深深，姿姿媚媚，雅格奇容天与。
⊙●○○　○○●●　●●○○○▲
自识伊来，便好看承，会得妖娆心素。

临期再约同欢，定是都把平生相许。

○○●●○○　●●○●○○○▲

又恐恩情、易破难成，未免千般思虑。

●●○○　●●○○　●●○○○▲

近日书来，寒暄而已，苦没忉忉言语。

●●○○　○○○●　●●○○○▲

便认得、听人教当，拟把前言轻负。

●●●　○○●●　◎●○○○▲

见说兰台宋玉，多才多艺善词赋。

●●○○●●　○○⊙●●○▲

试与问、朝朝暮暮，行云何处去。

●◎●　○○●●　⊙○○●▲

一三〇　霜天晓角

双调四十三字，前片四句三仄韵，后片五句四仄韵。

霜天晓角·秋菊

次韵林逋[①]《霜天晓角·咏梅》

秋空云洁，万蕊冲天发。
采菊世间尘外，东篱下，南山月。

且绝，蜂蝶热，百花枯折灭。
独有孤芳清赏，冷更艳，迎霜雪。

① 林逋（967—1028年），字君复，后人称为和靖先生，钱塘（今浙江杭州）人，一说奉化大里黄贤村人。北宋著名隐逸诗人。

例词　林逋《霜天晓角·咏梅》

《钦定词谱》卷四下

冰清霜洁，昨夜梅花发。
⊙○⊙▲　◎◎○⊙▲

甚处玉龙三弄，声摇动、枝头月。
◎●◎○⊙●　⊙⊙●　⊙⊙▲

梦绝，金兽热，晓寒兰烬灭。
◎▲　⊙●▲　◎⊙⊙◎▲
更卷珠帘清赏，且莫扫、阶前雪。
◎●⊙○⊙●　◎◎●　⊙⊙▲

一三一 渔歌子

单调二十七字，五句四平韵，中间三言两句，例用对偶。

渔歌子·南通江海[①]刀鱼宴

次韵张志和[②]《渔歌子·西塞山前白鹭飞》

三月桃花柳絮飞，长江凤尾正鲜肥。
春满屋，酒粘衣。忘年江海醉中归。

① 江海：南通江海公司。② 张志和（约 730—约 810 年），字子同，初名龟龄，自号“烟波钓徒”，又号玄真子，婺州（今属浙江金华）人。唐代著名道士、词人、诗人。

渔歌子·贺新年

元旦新年捷报飞，梅花迎雪送春归。
文富有，武扬威，嫦娥玉兔[①]月增辉。

① 嫦娥玉兔：指我国嫦娥三号探测器由月球软着陆探测器（简称着陆器）和月面巡视探测器（简称巡视器，又称“玉兔号”月球车）于 2013 年 12 月 14 日成功软着陆于月球雨海西北部，15 日完成着陆器、巡视器分离，并陆续开展了“观天、看地、测月”的科学探测和其他预定任务。

例词　张志和《渔歌子·西塞山前白鹭飞》

《钦定词谱》卷一下

西塞山前白鹭飞，桃花流水鳜鱼肥。

⊙◎⊙⊙◐◎△　⊙⊙○◎●⊙△

青箬笠，绿蓑衣，斜风细雨不须归。

⊙◎●　◐○△　⊙⊙◎◎●⊙△

一三二　巫山一段云

双调四十四字，前后片各四句三平韵。

巫山一段云·三沙市

恰似明珠嵌，犹如翡翠浮。
蓝天碧海宋螺州①，礁岛汉崎头②。

子午经还纬，天文春复秋③。
千年丝路远洋游，万里石塘④收。

① 螺州：即九乳螺洲（西沙群岛）古代归属宋代海疆。② 崎头：汉代称南海诸岛为“崎头”。③“子午”两句：唐代僧一行主持子午线测量，南至南海及南海诸岛，这是行使主权之举。④ 万里石塘：唐贞元五年（789 年）以来，已把南海诸岛的“万里石塘”列入中国版图。

例词　毛文锡《巫山一段云·雨霁巫山上》
《钦定词谱》卷六上

雨霁巫山上，云轻映碧天。

远风吹散又相连，十二晚峰前。

◎○⊙●●○△　◎●●○△

暗湿啼猿树，高笼过客船。

◎●○○●　○○◎●△

朝朝暮暮楚江边，几度降神仙。

⊙○◎●●○△　◎●●○△

一三三　朝中措

双调四十八字，前片四句三平韵，后片五句两平韵。

朝中措·雾霾

次韵欧阳修《朝中措·平山阑槛倚晴空》

稼轩挥剑指长空，北望倚栏中。
咫尺山河不见，眼前浊雾霾风。

吴关失守，扬州沦陷，悲饮离钟。
酒醒别来梦里，几时告慰辛翁。

朝中措·平山堂

次韵欧阳修《朝中措·平山阑槛倚晴空》

背堂远眺碧云空，山色画图中。
壁上龙蛇飞动，朱栏翠瓦遗风。

杯觞谈笑，千声暮鼓，几度晨钟。
第一文章太守，风流墨客骚翁。

例词　欧阳修《朝中措·平山阑槛倚晴空》

《钦定词谱》卷七上

平山阑槛倚晴空，山色有无中。
⊙○⊙●●○△　⊙●●○△
手种堂前垂柳，别来几度春风。
◎●⊙○⊙●　◎○◎●○△

文章太守，挥毫万字，一饮千钟。
⊙○◎●　⊙○◎●　◎●○△
行乐直须年少，尊前看取衰翁。
⊙●◎○⊙●　⊙○◎●○△

一三四 小 重 山

又名《小重山令》。双调五十八字，前后片各四句四平韵。

小重山·秋情

金蕊流霞迎晓寒。晚花秋菊艳、冷时鲜。
香吹南岭绕山间。东篱下、陶令醉悠然。

红叶染霜天。丹枫情未了、惹魂颠。
御河宫女寄芳言。漂流处、牵手话缠绵①。

①“御河”两句：传说唐宣宗时韩姓宫女曾在红叶上写诗“题红叶”：“一片红叶御河边，一种相思题叶笺。千秋佳话卢舍人，百年姻缘诗叶牵。”

小重山·高柳鸣蝉晚渐收

次韵赵鼎《小重山·漠漠晴霓和雨收》

高柳鸣蝉晚渐收。燕声如惜别、岁华流。
夕阳依旧去悠悠。千山外、万里是江洲。

苏轼岭南忧。赵卿①昌化恨、阻春秋。

小重山令唤新愁。乡思里、明月照西楼。

① 赵卿：指赵鼎（1085—1147 年），字符镇，自号得全居士，南宋解州闻喜东北（今属山西闻喜礼元镇阜底村）人。政治家、名相、词人。赵鼎与苏轼（比苏轼晚几十年）一样遭当时朝廷一贬再贬，直至流放到吉阳军（即今之三亚），最后绝食而死。

例词　赵鼎《小重山·漠漠晴霓和雨收》

《钦定词谱》卷一三上

漠漠晴霓和雨收。长波千万里，拍天流。
⊙●○○⊙●△　◎○○●●　●○△
云帆烟棹去悠悠。西风里，归兴满沧州。
⊙○⊙●●○△　⊙◎●　⊙●●○△

谩道醉忘忧。荡高怀远恨，更悲秋。
⊙●●○△　⊙○○●●　●○△
一眉山色为谁愁。黄昏也，独自倚危楼。
◎○⊙●●○△　⊙⊙●　⊙●●○△

一三五　金人捧露盘

双调八十一字，前片八句五平韵，后片九句四平韵。若起用对偶，可不叶韵。

金人捧露盘·嫦娥奔月

送嫦娥，携玉兔，绕苍穹。
软着陆、定位跟踪。
西昌大漠，看酒泉、三号箭神通。
准时精确，降虹湾、稳落婵宫。

黄金甲，惊银汉；中国梦，指长空。
盖宇宙、天地英雄。
欢歌载舞，共饮吴刚酒更香浓。
不眠之夜，庆人类、登月成功。

例词　贺铸《金人捧露盘·凌歊台》
《钦定词谱》卷一八下

控沧江，排青嶂，燕台凉。
●○△　○⊙●　●○△
驻彩仗、乐未渠央。
●⊙◎　⊙●○△

岩花磴蔓，妒千门、珠翠倚新妆。
⊙○●●　●○⊙　○●●○△
舞闲歌悄，恨流风、不管余香。
⊙○◎●　●○◎　●●○△

繁华梦，惊俄顷，佳丽地，指苍茫。
⊙○◎　◎⊙●　◎⊙●　●○△
寄一笑、何与兴亡？
⊙⊙●　◎●○△
量船载酒，赖使君、相对两胡床。
⊙○◎●　●◎○　○●●○△
缓调清管，更为侬、三弄斜阳。
⊙○◎●　●⊙◎　◎●○△

一三六　雪 梅 香

双调九十四字，前片九句四平韵，后片十一句五平韵。第三句是上一、下四句法。

雪梅香・雪梅

数天雪，狂风冽冽岁冬寒。
见梅梢初破，孤芳独绽嫣然。
疏影横斜驿亭外，暗香浮动断桥边。
夕阳下，一任黄昏，三弄琴弦。

翩翩。似青女，冷艳婵娟，蕊萼娇缠。
莫道无争，断魂朵朵狂癫。
幸有冰霜冻天地，不须蜂蝶绕花前。
相思意，更胜春时，桃李红颜。

例词　柳永《雪梅香・景萧索》

《钦定词谱》卷二三上

景萧索，危楼独立面晴空。
●○●　○○◎●●○△
动悲秋情绪，当时宋玉应同。
●○○○●　⊙○●●○△

渔市孤烟袅寒碧，水村残叶舞愁红。

○●⊙○●○●　●○○●●○△

楚天阔，浪浸斜阳，千里溶溶。

◎○●　●●○○　⊙●○△

临风。想佳丽，别后愁颜，镇敛眉峰。

○△　●○●　●●○○　●●○△

可惜当年，顿乖雨迹云踪。

◎●○○　●○●●○△

雅态妍姿正欢洽，落花流水忽西东。

◎●○○●○●　●○○●●○△

无憀意，尽把相思，分付征鸿。

○○●　●●○○　⊙●○△

一三七　汉宫春

双调九十六字，前后片各九句四平韵。

汉宫春·除夕

辞旧迎新，听千门万户，爆竹声飞。
屠苏酒暖，九州大地春回。
香梅瑞雪，舞银蛇、癸巳扬威。
催骏马、东风紫气，年来福到财归。

电视联欢春晚，正莺歌燕舞，说唱弹吹。
嫦娥月宫玉兔①，游子乡思。
寒山寺里，数钟声、除夕分时。
迎甲午、东方欲晓，曈曈庭院朝晖。

①“嫦娥”句：指嫦娥三号着陆器与巡视器（“玉兔号”月球车）。

例词　辛弃疾《汉宫春·立春日》

《唐宋词格律》四二

春已归来，看美人头上，袅袅春幡。

无端风雨，未肯收尽余寒。
○○⊙●　●◎⊙●○△
年时燕子，料今宵、梦到西园。
○○●●　●○○　◎●○△
浑未办、黄柑荐酒，更传青韭堆盘。
○●●　⊙○◎●　◎○⊙●○△

却笑东风从此，便熏梅染柳，更没些闲。
◎●⊙○○●　●○○●●　◎●○△
闲时又来镜里，转变朱颜。
○○●○●●　◎●○△
清愁不断，问何人、会解连环？
○○●●　●○○　◎●○△
生怕见、花开花落，朝来塞雁先还。
○●●　○○◎●　⊙○◎●○△

一三八　夜 游 宫

双调五十七字，前后片各六句四仄韵。

夜游宫·同桌

次韵周邦彦《夜游宫·叶下斜阳照水》

一桌难容火水，梦回处、纷争声里。
咫尺无瑕两学子。
想同文[①]，似蓬莱，如海市。

懵懂阳光底，遇“文革”、人生沉坠。
长发何时已盘起？
笑来生，共书窗、同墨纸。

① 同文：江西省九江市同文中学，创办于1867年，其南枕九江甘棠之滨，北邻能仁古刹，前瞻匡庐秀色，后闻长江惊涛，至今已历150余年。

例词　周邦彦《夜游宫·叶下斜阳照水》

《唐宋词格律》七二

叶下斜阳照水，卷轻浪、沉沉千里。

桥上酸风射眸子。

⊙●○○●⊙▲

立多时，看黄昏，灯火市。

●○○　●○○　⊙●▲

古屋寒窗底，听几片、井桐飞坠。

●●○○▲　●◎●　◎○○▲

不恋单衾再三起。

◎●○○●⊙▲

有谁知，为萧娘，书一纸？

●○○　●○⊙　○●▲

一三九　拜星月慢

双调一百零四字，前片十句四仄韵，后片八句六仄韵。

拜星月慢·马年说马——答谢胡企平教授马年贺词

次韵周邦彦《拜星月慢·夜色催更》

老马嘶风，乌焉成马，甲午花明柳暗。
马壮龙神，曲高东林院。
过窗马，莫羡、骑曹散带蓬首，意马心猿行烂。
马齿徒增，似时光虚见。

梦萦牵、竹马之交面。春风暖，饮马长江畔。
醉里雀马鱼龙，醒都浮云散。
探芳菲、下马看花馆。策飞舆、一马平川叹。
归隐路、天马行空，辔绳从此断。

例词　周邦彦《拜星月慢·夜色催更》

《钦定词谱》卷三三上

夜色催更，清尘收露，小曲幽坊月暗。

竹槛灯窗，识秋娘庭院。

●●○○　●○○○▲

笑相遇，似觉、琼枝玉树相倚，暖日明霞光烂。

●○●　●●　○○●●○●　●●⊙○○▲

水眄兰情，总平生稀见。

◎●⊙○　●○○○▲

画图中、旧识春风面。谁知道、自到瑶台畔。

●○○　●●○○▲　⊙○◎　●●○○▲

眷恋雨润云温，苦惊风吹散。

◎●●◎○⊙　●○○○▲

念荒寒、寄宿无人馆。重门闭、败壁秋虫叹。

●○○　●●○○▲　○○●　◎●○○▲

争奈向、一缕相思，隔溪山不断。

⊙◎●　◎●○○　●○○●▲

一四〇　八 声 甘 州

双调九十七字，前后片各九句四平韵。

八声甘州·苏门

次韵晁补之《八声甘州·扬州次韵和东坡钱塘作》

叹东坡万里谪天来，天又遣仙归。
看苏门居士，明星朗月，灿烂升辉。
自是雄浑豪放，莫属轼而非。
张耒秦观句，婉约生机。

山谷乌台文字，遇阴风怒号，霪雨纷霏。
望诗人踪迹，书墨世间稀。
似孤鸿、一生漂泊，令诸君、雅志与身违。
千年后、次和苏轼，继补之[①]衣。

① 补之：晁补之，北宋词人，著名文学家。

例词　晁补之《八声甘州·扬州次韵和东坡钱塘作》

《钦定词谱》卷二五上

有情风万里卷潮来，无情送潮归。
●⊙○◎●●○○　◎⊙●○△

问钱塘江上，西兴浦口，几度斜晖。
●⊙○⊙●　⊙○◎●　⊙●○△
不用思量今古，俯仰昔人非。
◎●⊙○◎●　◎●●○△
谁似东坡老，白首忘机。
⊙●⊙○●　⊙●○△

记取西湖西畔，正春山好处，空翠烟霏。
◎●⊙○⊙●　●◎○◎●　⊙●○△
算诗人相得，如我与君稀。
●⊙○⊙●　⊙●●○△
约他年、东还海道，愿谢公、雅志莫相违。
●⊙⊙　⊙○⊙●　●◎○　⊙●●○△
西州路、不应回首，为我沾衣。
○○●　◎○⊙●　◎●○△

一四一 渡 江 云

双调一百字，前片十句四平韵，后片九句一叶韵、四平韵。

渡江云·焰火

次韵尤悠[1]《渡江云·烟花》

凭窗空望眼，礼花夜放，焰雨落楼前。
一乘升翡翠，几降霓裳，翦影动长天。
呼啸火箭，响带声、吹哨鸣弦。
千目送、飞华浮彩，弥霰烬云川。

欢然。妍牵霄汉，晕绕星光，更层层如幻。
争粉饰、风流尽在，月色生烟。
今宵正是正元节，缺又圆、天上婵娟。
深叹美，人间不息流年。

① 尤悠：指网上博客游尤悠。

例词　周邦彦《渡江云·晴岚低楚甸》

《钦定词谱》卷二八上

晴岚低楚甸，暖回雁翼，阵势起平沙。
⊙○○●●　◎○◎●　◎●●○△

骤惊春在眼，借问何时，委屈到山家？

●⊙○◎●　◎●○○　◎●●○△

涂香晕色，盛粉饰、争作妍华。

○○◎●　◎◎◎　⊙●○△

千万丝、陌头杨柳，渐渐可藏鸦。

⊙●⊙　◎○⊙●　◎●●○△

堪嗟。清江东注，画舸西流，指长安日下。叶韵

○△　⊙○⊙●　●●○○　●⊙○◎▲

愁宴阑、风翻旗尾，潮溅乌纱。

⊙◎⊙　○○⊙●　⊙●○△

今宵正对初弦月，傍水驿、深舣蒹葭。

⊙○◎●○○●　◎◎◎　⊙●○△

沉恨处、时时自剔灯花。

○●●　⊙○◎●○△

一四二　扬州慢

双调九十八字，前片十句四平韵，后片九句四平韵。前片第四、五句及后片第三句、第八句皆上一、下四句法。

扬州慢・春归

次韵红楼[①]《扬州慢・春暮》

蜂舞窗前，蝶飞庭院，燕双剪影翔徊。
过樱烟翠柳，绕杏染红薇。
踏青处、心波荡漾，百花争艳，游旅参差。
试新妆、桃李群芳，深浅柔微。

红尘梦里，醉乡回、风软香迟。
念白石词工，清空句好，今日重题。
聚散几回依旧，斟杯满、一尽犹思。
正扬州春早，烟花三月归兮。

① 红楼：指网络红楼博客。

例词　姜夔《扬州慢·淮左名都》

《钦定词谱》卷二六下

淮左名都，竹西佳处，解鞍少驻初程。
⊙●○○　◎○○⊙●　◎○◎●○△
过春风十里，尽荠麦青青。
●○○◎●　◎◎●○△
自戎马、窥江去后，废池乔木，犹厌言兵。
●⊙●　○○◎●　◎○⊙●　⊙●○△
渐黄昏、清角吹寒，都在空城。
●○○　⊙◎○⊙　○●○△

杜郎俊赏，算而今、重到须惊。
◎○◎●　●○○　⊙●○△
纵豆蔻词工，青楼梦好，难赋深情。
●◎●○○　⊙○◎●　⊙●○△
二十四桥仍在，波心荡、冷月无声。
●●◎○○●　○○●　◎●○△
念桥边红药，年年知为谁生？
●⊙○○●　⊙○⊙●○△

一四三　玲 珑 玉

双调九十八字，前片九句五平韵，后片十句四平韵。

玲珑玉・南山

赠罗家郓同学

司马南山，隐归处、俯首听泉[①]。
凝神半晌，浑然忘了尘缘。
家郓莲花[②]府上。更庭无凡杂，虚室余闲[③]。
犹然，如斯人、陶令故园。

久居申城闹市，正思归乡里，重返桑田。
是处春光，已桃红、柳绿风烟。
鄱湖边长江岸，望天际、云缠五老[④]，雾绕三巅[⑤]。
举斟醉，见南山、无处不禅。

①“司马”两句：指白居易贬谪江州时，他在庐山北麓香炉峰下，与东林寺毗邻的山中，筑起五架三间草堂。在这里，白居易乐天安命，体宁心恬，优哉游哉，“仰观山，俯听泉，傍晚竹树云石”。② 莲花：即庐山莲花洞区，位于庐山北麓，九江市南郊。③“更庭”句：化用陶渊明《归园田居其一》中“户庭无尘杂，虚室有余闲”。④ 五老：即庐山五老峰。⑤ 三巅：庐山三大

峰，即五老峰、太乙峰、汉阳峰。

例词　姚云文《玲珑玉·开岁春迟》

《钦定词谱》卷二六下

开岁春迟，早赢得、一白萧萧。
○●○○　●○●　●●○△
风窗淅簌，梦惊鸳帐春娇。
○○●●　●○○●○△
是处貂裘透暖，任尊前回舞，红倦柔腰。
●●○○●●　●○○○●　○●○△
今朝，亏陶家、茶鼎寂寥。
○△　○○○　○●●△

料得东皇戏剧，怕蛾儿街柳，先斗元宵。
●●○○●●　●○○○●　○●○△
宇宙低迷，倩谁分、浅凸深凹。
●●○○　●○○　●●○△
休嗟空花无据，便真个、琼雕玉琢，总是虚飘。
○○○○○●　●○●　○○●●　●●○△
且沉醉，趁楼头、零片未消。
●○●　●○○　○●●△

一四四　莺啼序

四片二百四十字，第一片八句四仄韵，第二片十句四仄韵，第三片十四句四仄韵，第四片十四句四仄韵。所选例词第一片第二句是上一、下四句式，诸领格字宜用去声。

莺啼序·清明

次韵吴文英《莺啼序·残寒正欺病酒》

乘车沪浔软卧，晚灯窗透户。
出南站、千里西行，七点天暗云暮。
一乘夜、犹醒却梦，蒙蒙路影沉沉树。
赶春光、追促黎明，绿茵花絮。

到站庐山，七点一刻，已晨风旭雾。
九江早、游子春回，踏青陶潜心素。
入家门、乡音起句，进街口、思情成缕。
对朝阳，沙水河边，落飞归鹭。

周郎[①]点将，五柳[②]桑田，故乡咫尺旅。
醒又醉、断思无片，小巷浔庐[③]，
老店重逢，几经风雨？
甘棠坝侧，湖滨区畔，浔阳财校青年路，

住多时、久宿凝思渡。
东篱着意，南山仿佛随情，泼墨五彩乡土。

凭栏极目，水罩晴纱，更远岚迭芷。
妩媚处、新时西子，八里围湖，
岸柳柔姿，漫枝烟舞。
丝丝缕缕，莺莺燕燕，殷勤诚伴书待写，
正寻思、弦入沉音柱。
江洲司马文公④，送客琵琶，断魂怨否？

① 周郎：周瑜。② 五柳：陶渊明。③ 小巷浔庐：小浔庐餐厅，九江市西门口新达巷 64 号。④ 司马文公：白居易。

例词　吴文英《莺啼序·残寒正欺病酒》

《钦定词谱》卷三九下

残寒正欺病酒，掩沉香绣户。
○○●○●●　●○○◎▲
燕来晚、飞入西城，似说春事迟暮。
◎⊙●　⊙●○○　●◎⊙●○▲
画船载、清明过却，晴烟冉冉吴宫树。
◎⊙●　○○●●　○○●●○○▲
念羁情、游荡随风，化为轻絮。
●⊙○　⊙●⊙○　◎⊙○▲

十载西湖，傍柳系马，趁娇尘软雾。
◎●○○　◎◎◎●　●⊙○◎▲
溯红渐、招入仙溪，锦儿偷寄幽素。
◎⊙●　⊙●○○　◎○○◎⊙▲
倚银屏、春宽梦窄，断红湿、歌纨金缕。
●○○　⊙○●●　◎⊙●　⊙○○▲
暝堤空，轻把斜阳，总还鸥鹭。
●⊙○　⊙●⊙○　◎○○▲

幽兰旋老，杜若还生，水乡尚寄旅。
⊙○◎●　◎●⊙○　◎⊙◎◎▲
别后访、六桥无信，事往花萎，
◎●●　◎⊙⊙●　◎●⊙⊙
瘗玉埋香，几番风雨？
●●○○　●⊙⊙▲
长波妒盼，遥山羞黛，渔灯分影春江宿，
⊙○◎●　○○⊙●　⊙○⊙●○○●
记当时、短楫桃根渡。
●⊙○　◎●⊙○▲
青楼仿佛，临分败壁题诗，泪墨惨淡尘土。
○○●●　⊙⊙◎●○○　◎◎◎◎○▲

危亭望极，草色天涯，叹鬓侵半苎。
⊙○◎●　◎●○○　●●○◎▲

暗点检、离痕欢唾，尚染鲛绡，

●◎●　⊙○⊙●　●●○○

亸凤迷归，破鸾慵舞。

◎●○⊙　◎⊙⊙▲

殷勤待写，书中长恨，蓝霞辽海沉过雁，

○○◎●　○○⊙●　⊙○⊙●⊙◎●

漫相思、弹入哀筝柱。

●○○　⊙●○○▲

伤心千里江南，怨曲重招，断魂在否？

⊙○⊙●○○　◎●○○　●○◎▲

一四五 燕归梁

双调五十一字，前片四句四平韵，后片五句三平韵。

燕归梁·学生新婚贺词

次韵晏殊《燕归梁·双燕归飞绕画堂》

比翼同飞入殿堂，双燕绕新梁。
马年甲午岁增光，贺婚礼、喜高张。

圆圆满满，恩恩爱爱，琴瑟与笙簧。
夫妻国色配天香，鸳鸯对、百年长。

燕归梁·绮新居

乙未冬日赠朱南九生

小院闲窗写意房，冬暖夏时凉。
楼台近水戏春光，殢风月、惹天香。

朱阑巧护，九生相伴，琴瑟绕音梁。
歌时舞处共笙簧，双飞燕、对鸳鸯。

燕归梁·贺喜德明

次韵晏殊《燕归梁·双燕归飞绕画堂》

比翼同飞入殿堂，双燕绕新梁。
春风明月岁增光，喜相会、气高张。

经天纬地，倾城倾国，琴瑟与笙簧。
芙蓉并蒂百年香，情舞漫、爱歌长。

例词　晏殊《燕归梁·双燕归飞绕画堂》

《钦定词谱》卷九上

双燕归飞绕画堂，似留恋虹梁。
⊙●○○●●△　◎⊙●○△
清风明月好时光，更何况、绮筵张。
⊙○⊙●●○△　◎⊙●　●○△

云衫侍女，频倾桂醑，加意动笙簧。
⊙○◎●　○○◎●　⊙●●○△
人人心在玉炉香，逢佳会、祝延长。
⊙○⊙●●○△　⊙⊙●　●○△

又一体　双调五十一字，前片四句四平韵，后片四句三平韵。

燕归梁·闻波婚礼

并蒂芙蓉百合香，得意动笙簧。
恰逢五一好时光，喜庆日、绮筵张。

金童玉女夫妻对，拜天地、结鸳鸯。
波涛万里楚江长，世世代、子成双。

例词　史达祖《燕归梁·独卧秋窗桂未香》

《钦定词谱》卷九上

独卧秋窗桂未香，怕雨点飘凉。
●●○○●●△　●●●○△
玉人只在楚云傍，也着泪、过昏黄。
●○●●●○△　●●●　●○△

西风今夜梧桐冷，断无梦、到鸳鸯。
⊙○⊙●○○●　◎⊙●　●○△
秋钲二十五声长，请各自、耐思量。
○○●●●○△　●●●　●○△

一四六　醉蓬莱

双调九十七字，前片十一句四仄韵，后片十二句四仄韵。

醉蓬莱·端午忆

次韵柳永《醉蓬莱·渐亭皋叶下》

正梅黄小满[①]，麦熟盈丰，夏初天霁。
端午申城，更吉祥和气。
艾草芬芳，蕙兰幽洁，已粽香庭砌[②]。
沪渎三环[③]，浦江两岸，吴淞之水。

道尽离骚，古今天问，望极潇湘，九歌声递。
千卷诗文，唱国家兴瑞。
披发行吟，上下求索，叹楚风衰脆。
屈子怀沙，汨罗西去，斗沉星细。

① 小满：二十四节气之一。② 庭砌：指庭院。③ 沪渎三环：沪渎，古上海别称。三环指上海市内环、中环和外环路。

例词 柳永《醉蓬莱·渐亭皋叶下》

《钦定词谱》卷二五上

渐亭皋叶下，陇首云飞，素秋新霁。
●⊙○◎● ◎●○○ ◎○○▲
华阙中天，锁葱葱佳气。
⊙●○○ ●⊙○○▲
嫩菊黄深，拒霜红浅，近宝阶香砌。
◎●○○ ◎○⊙● ●◎○○▲
玉宇无尘，金茎有露，碧天如水。
◎●○○ ⊙○◎● ◎○○▲

正值升平，万几多暇，夜色澄鲜，漏声迢递。
◎●○○ ◎○⊙● ◎●○○ ●○○▲
南极星中，有老人呈瑞。
⊙●○○ ●◎○○▲
此际宸游，凤辇何处？度管弦清脆。
◎●○○ ◎◎⊙● ●◎○○▲
太液波翻，披香帘卷，月明风细。
●◎○⊙ ⊙○⊙● ◎○○▲

一四七　锦堂春慢

双调一百零一字，前后片各十句四平韵。

锦堂春慢·茉莉花

次韵司马光[1]《锦堂春慢·红日迟迟》

天赋仙姿，盈盈笑靥，云堆翠髻钗斜。
妙笔千枝，难绘万点灵霞。
应是月宫青女，漫散冰雪琼花。
似广寒玉蝶，降满村前，香袅农家。

夏风炎天暑气，正街头巷尾，茉莉升华。
瞻卜蔷薇萱草[2]，不禁吁嗟。
月下香妃玉指，弄古韵、清奏琵琶。
一曲扬州小调，弦沁芬芳，拨动心涯。

① 司马光（1019—1086 年），字君实，号迂叟，陕州夏县（今山西夏县）涑水乡人。北宋政治家、史学家、文学家。② 瞻卜蔷薇萱草：指瞻卜、蔷薇、萱草三种花名。

例词　司马光《锦堂春慢·红日迟迟》

《钦定词谱》卷二九上

红日迟迟，虚廊影转，槐阴迤逦西斜。
⊙●○○　○○●●　○○◎●○△
彩笔工夫，难状晚景烟霞。
◎●○○　⊙●●●○△
蝶尚不知春去，漫绕幽砌寻花。
◎●○○⊙●　◎◎⊙●○△
奈猛风过后，纵有残红，飞向谁家？
●◎○◎●　◎●○○　⊙●○△

始知青春无价，叹飘零宦路，荏苒年华。
◎⊙○⊙⊙●　●○○●●　◎●○△
今日笙歌丛里，特地咨嗟。
⊙●⊙○⊙●　◎●○△
席上青衫湿透，算感旧、何止琵琶。
●●○○◎●　●●◎　⊙●○△
怎不教人易老？多少离愁，散在天涯。
●●○○◎●　⊙●○○　●●○△

一四八　高山流水

双调一百十字，前片十句六平韵，后片十一句六平韵。

高山流水·书法

次韵吴文英《高山流水·赠丁基仲》

学书柳赵褚颜[①]风，素荑柔、还似纤葱。
临帖思先贤，千年拓本飞鸿。师评阅、点拨圈红。
挥毫处，横竖弯钩撇捺，字落框栊。
更经年四季，日觉墨香浓。

传中。琼楼有仙女，应只解、佩环[②]蟾宫。
书法乐无穷，笔染雪纸宣茸，爱丹青、擅写犹工。
附君意，偏对诗词古韵，独有情钟。
一生相伴，晚霞美、夕阳慵。

① 柳赵褚颜：即柳公权、赵孟頫、褚遂良、颜真卿四大书法家。② 佩环：这里指月宫仙女所佩带的饰物。

例词　吴文英《高山流水·赠丁基仲》

《钦定词谱》卷三五下

素弦一一起秋风，写柔情、都在春葱。

●○●●●○△　●○○　○●○△

徽外断肠声，霜霄暗落惊鸿。低颦处、剪绿裁红。

○●●○○　○○●●○△　○○●　●●○△

仙郎伴，新制还赓旧曲，映月帘栊。

○○●　○●○○●●　●●○△

似名花并蒂，日日醉春浓。

●○○●●　●●●○△

吴中。空传有西子，应不解、换征移宫。

○△　○○●○●　○●●　●●○△

兰蕙满襟怀，唾碧总喷花茸，后堂深、想费春工。

○●●○○　●●●●○△　●○○　●●○△

客愁重，时听蕉寒雨碎，泪湿琼钟。

●○●　○●○○●●　●●○△

恁风流也，称金屋、贮娇慵。

●○○●　●○●　●○△

一四九　忆 旧 游

双调一百零二字，前片十一句四平韵，后片十一句五平韵。

忆旧游·巴西世界杯足球赛

次韵周邦彦《忆旧游·记愁横浅黛》

看巴西盛宴，大力神杯，多少通宵。
世界狼烟起，见金戈铁马，易水萧萧。
绿茵草地人海，呼啸战旗摇。
正进者为王，丢球败将，壮士魂销。

迢迢。问归路，道足下豪门，终究扬镳[①]。
叹可怜朱户，奈桑巴之帅，羞愧难招。
冠军又有新贵，三十二星桥[②]。
更一夜东风，花红德国旁井桃[③]。

① 扬镳：分道扬镳。此处指世界杯终将闭幕。② 三十二星桥：指 2014 年巴西世界杯有 32 支球队。③ 井桃：即“露井桃”。露井，无盖井也。贺知章《望人家桃李花》有“桃李从来露井旁”。有后世或以“露井桃”暗喻承宠歌女。此处指德国获本次世界杯冠军。

例词　周邦彦《忆旧游·记愁横浅黛》

《钦定词谱》卷三〇下

记愁横浅黛，泪洗红铅，门掩秋宵。

●⊙○◎●　◎●○○　⊙●○△

坠叶惊离思，听寒蛩夜泣，乱雨萧萧。

◎◎○○●　●⊙○◎●　◎●○△

凤钗半脱云鬓，窗影烛花摇。

◎⊙●◎○●　⊙●●○△

渐暗竹敲凉，疏萤照晓，两地魂消。

●◎●○○　⊙○◎●　◎●○△

迢迢。问音信，道径底花阴，时认鸣镳。

○△　●○●　●◎◎⊙⊙　⊙●○△

也拟临朱户，叹因郎憔悴，羞见郎招。

◎◎○⊙●　●⊙○⊙●　⊙●○△

旧巢更有新燕，杨柳拂河桥。

◎⊙◎◎○●　⊙●●○△

但满目京尘，东风竟日吹露桃。

●◎●○○　⊙○◎●○●△

一五〇　夜飞鹊

又名《夜飞鹊慢》。双调一百零六字，前片十句五平韵，后片十句四平韵。

夜飞鹊·四川荣昌行

次韵周邦彦《夜飞鹊·别情》

清初入荒蜀，巡抚[①]惊其。明末日、落无辉。
川民锐减献忠[②]乱，孑遗菜色鹑衣。
康熙诏天下，秉承先皇帝，顺治迁旗。
离乡背井，向西行、解手[③]哀迟。

前后百年开垦，湖广为填川，实至名归。
天府荣昌香国，神游两日，山水人迷。
万灵古镇[④]，濑溪[⑤]清、漏孔云齐。
望漕舟桥晚、津红渡北，酒绿梯西[⑥]。

① 巡抚：张德地。汉军镶蓝旗人，清朝官吏。康熙初年，由广元入蜀记道："……沿途瞻望，举目荆榛，一、二孑遗，鹑衣菜色……"，"在川省境内行数十里……居民不过数十人，穷赤数人而已"。在顺庆（今南充）、重庆看到"舟行数日，寂无人声，仅存空山远麓……"据有关史料记载，经过"三藩之乱"，

四川官府所掌握的税户仅 9 万人。那时，四川真正是“地旷人稀”。② 献忠：张献忠。③ 解手：据说填川移民都是被押送的，行走途中，被押解人员需要大小便，只能向押解士兵告急。各路押解大队都是这样，时间长了，便用“解手”一词。④ 万灵古镇（也称漏孔镇）：位于重庆市荣昌区城东，镇街距城区 8 公里。⑤ 濑溪：濑溪河。⑥ 梯西：在古渡口边有一个叫“十八梯”客栈。

例词　周邦彦《夜飞鹊·别情》

《钦定词谱》卷三四上

河桥送人处，凉夜何其？斜月远、堕余辉。
○○●○●　⊙●○△　○◎●　●○△
铜盘烛泪已流尽，霏霏凉露沾衣。
⊙○◎●◎⊙●　⊙○⊙●○△
相将散离会，探风前津鼓，树杪参旗。
○○●○●　●○○⊙●　◎●○△
花骢会意，纵扬鞭、亦自行迟。
○○◎●　●○○　◎●○△

迢递路回清野，人语渐无闻，空带愁归。
○●●○○●　○●●○○　⊙●○△
何意重经前地，遗钿不见，斜径多迷。
⊙●○○⊙●　⊙○●●　○●○△
兔葵燕麦，向残阳、影与人齐。
◎○◎●　●○○　◎●○△
但徘徊班草、唏嘘酹酒，极望天西。
●○○○●　○○●●　◎●○△

一五一　六州歌头

双调一百四十三字，前片十九句八平韵、两叶韵、五仄韵，后片二十句八平韵、七仄韵。

六州歌头·秋歌

次韵韩元吉[①]《六州歌头·桃花》

西风写意，一叶见秋枝。
蝉噪腻，斜阳醉，入云扉，落潮时。
画舫[②]临江面，黄浦岸，秋空半，残照暖。
东昌转，富城西[③]。
入座寒暄，酒落歌阑尽，郢曲[④]声嘶。
望星空如水，月色若凝脂。桂影相窥，玉婵[⑤]依。

别斟饮处，醇香雾，蹒跚步，醉时迟。
银汉损，残更问，晓风知，斗星垂。
万里云端雁，长空上，北南飞。
人未老，秋情好，与天期。
秋月秋风，尽是秋心事，聚散欢悲。
望秋山秋水，红叶映秋溪，蝶舞蜂追。

① 韩元吉（1118—1187 年），字无咎，开封雍邱（今河南开

封市）人。南宋词人。② 画舫：指上海浦东“海龙海鲜舫”。酒店在黄浦江上临岸的一条大船上，别有一番情调。③“东昌”句：指停车位应沿东昌路向北进入富城路，入口在路西。④ 郢曲：泛指乐曲。⑤ 玉婵：月光。

例词　韩元吉《六州歌头·桃花》

《钦定词谱》卷三八上

东风着意，先上小桃枝。
○○●●　○●●○△
红粉腻，叶韵 娇如醉，叶韵 依朱扉，记年时。
○●▲　○○▲　●○△　●○△
隐映新妆面，换仄韵 临水岸，春将半，云日暖。
●●○○▲　○●▲　○○▲　○●▲
斜桥转，夹城西。前平韵
○○▲　●○△
草软莎平，跋马垂杨渡，玉勒争嘶。
●●○○　●●○○●　●●○△
认蛾眉凝笑，脸薄拂胭脂。绣户曾窥，恨依依。
●○○○●　●●●○△　●●○△　●○△

昔携手处，换仄韵 香如雾，红随步，怨春迟。前平韵
●○●▲　○○▲　○○▲　●○△
消瘦损，换仄韵 凭谁问？只花知，前平韵 泪空垂。
○●▲　○○▲　●○△　●○△

旧日堂前燕，和烟雨，又双飞。

●●○○●　○○●　●○△

人自老，换仄韵 春长好，梦佳期。前平韵

○●▲　　　○○▲　●○△

前度刘郎，几许风流地，花也应悲。

○●○○　●●○○●　●●○△

但茫茫暮霭，目断武陵溪，往事难追。

●○○●●　●●●○△　●●○△

一五二　淡黄柳

双调六十五字，前片五句五仄韵，后片七句五仄韵。

淡黄柳·中秋

次韵姜夔《淡黄柳·空城画角》

西风雨霁，丹桂吹香陌。倚听残蝉吟恻恻。
望断飞鸿塞雁，应是春天似曾识。

梦归寂，刚回过寒食。九江醉、古乔宅。
看东篱、又染黄金色。
酒醒凭栏，思牵吴楚，明月秋空一碧。

淡黄柳·中秋夜

残蝉渐歇，惊动秋时节。倚看西风吹落叶。
望断琼楼玉月，银汉迢迢斗星折。

思情切，阴晴又圆缺。不应恨、有离别。
听东坡、水调歌头说。
雁字飞来，寄书千里，依旧携词一阕。

例词　姜夔《淡黄柳·空城画角》

《钦定词谱》卷一四下

空城画角，吹入垂杨陌。马上单衣寒恻恻。
⊙○●▲　○●○○▲　●●○○○●▲
看尽鹅黄嫩绿，都是江南旧相识。
●●○○◎▲　○●○○●○▲

正岑寂，明朝又寒食。强携酒、小桥宅。
●○▲　○○●○▲　◎⊙●　●○▲
怕梨花、落尽成秋色。
●○○　●●○○▲
燕燕飞来，问春何在？唯有池塘自碧。
●●○○　●○○●　○●○○●▲

同一例　六十五字，前片三仄韵，后片五仄韵。

姜夔《淡黄柳·空城四角》

《唐宋词格律》七八

空城晓角，吹入垂杨陌。马上单衣寒恻恻。
⊙○●●　○●○○▲　●●○○○●▲
看尽鹅黄嫩绿，都是江南旧相识。
●●○○◎●　○●○○●○▲

正岑寂，明朝又寒食。强携酒，小桥宅。
●○▲ ○○●○▲ ◎⊙● ●○▲
怕梨花落尽成秋色。
●○○●●○○▲
燕燕飞来，问春何在？唯有池塘自碧。
●●○○ ●○○● ○●○○●▲

一五三　归自谣

双调三十四字，前后片各三句三仄韵。

归自谣·中秋国庆

诗意足，新雁唤醒南岭菊，中秋唱响东坡曲。

紫光绕月金镶玉。欢情续，喜迎国庆遥相祝。

归自谣·秋语

天重露，霜夜染红千万树，秋波暗送传情处。

丹枫片片唇微注。春光妒，菊黄朵朵凭谁诉。

例词　欧阳修《归自谣·春艳艳》

《钦定词谱》卷二下

春艳艳，江上晚山三四点，柳丝如剪花如染。

香闺寂寞门半掩。愁眉敛，泪珠滴破胭脂脸。

⊙⊙◎◎○◎▲　○⊙▲　◎○●●○○▲

一五四 伤春怨

双调四十三字，前后片各四句三仄韵。

伤春怨·秋梦

次韵王安石《伤春怨·雨打江南树》

一夜霜红树，更染黄花无数。
落叶醉林间，忘了归时回路。

梦中南山处，采菊东篱暮。
把酒问秋风，见五柳、何方去？

例词　王安石《伤春怨·雨打江南树》

《钦定词谱》卷四下

雨打江南树，一夜花开无数。
●●○○▲　●●○○○▲
绿叶渐成阴，下有游人归路。
●●●○○　●●○○○▲

与君相逢处，不道春将暮。
●○○○▲　●●○○▲
把酒祝东风，且莫恁、匆匆去。
●●●○○　●●●　○○▲

一五五　酷相思

双调六十六字，前后片各五句，四仄韵、一迭韵。

酷相思・九月九

次韵程垓《酷相思・月挂霜林寒欲坠》

欲饮黄花吹帽坠。奈醒醉、思乡起。
应携酒、更登高处是。
独醒也、从何计？独醉也、为何计？

笔落离愁笺染泪，羽徵角、商宫悴。
问兄弟、茱萸齐已未？
诗至也、遥相寄。情至也、遥相寄。

例词　程垓《酷相思・月挂霜林寒欲坠》

《钦定词谱》卷一五上

月挂霜林寒欲坠。正门外、催人起。
●●○○○●▲　●○●　○○▲
奈离别、如今真个是。
●○●　○○○●▲
欲住也、留无计。欲去也、来无计。叠韵
●●●　○○▲　●●●　○○▲

马上离情衣上泪，各自个、供憔悴。

●●○○○●▲ ●●● ○○▲

问江路、梅花开也未？

●○● ○○○●▲

春到也、须频寄。人到也、须频寄。叠韵

○●● ○○▲ ○●● ○○▲

一五六　瑞龙吟

三片一百三十三字，前两片各六句三仄韵，后一片十七句九仄韵。

瑞龙吟·重阳节

次韵周邦彦《瑞龙吟·章台路》

长虹路[①]，香榭丽舍田园[②]，彩旗灯树。
浔阳艺术之家，国安画室，琼楼顶处。

漫凭伫，徐见小桥流水，卷帘天户。
重阳九九登高，黄花共饮，斟杯解语。

遥祝同窗兄弟，喜迎佳节，飞歌欢舞。
唯有古时茱萸，依旧如故。
云笺吟赋，雁寄思乡句。
清明见、年年有约，匆匆归步。
酒染红尘去，欲醒欲醉，离情别绪。
杨柳牵牵缕，千里外，庐山甘棠烟雨。
满楼故事，一班花絮。

① 长虹路：指九江长虹大道。② 香榭丽舍田园：指香榭丽

舍小区。

例词　周邦彦《瑞龙吟·章台路》

《钦定词谱》卷三七上

章台路，还是褪粉梅梢，试花桃树。
⊙○▲　○●●●○○　●○⊙▲
愔愔坊陌人家，定巢燕子，归来旧处。
○○⊙●⊙○　◎○●●　○○●▲

黯凝伫，因念个人痴小，乍窥门户。
●○▲　⊙●●○○●　●○⊙▲
侵晨浅约宫黄，障风映袖，盈盈笑语。
○○◎●○○　◎○◎●　○○●▲

前度刘郎重到，访邻寻里，同时歌舞。
○●○○○●　●○⊙●　⊙○○▲
唯有旧家秋娘，声价如故。
⊙●●⊙○○　○●○▲
吟笺赋笔，犹记燕台句。
○⊙◎●　●○○○▲
知谁伴、名园露饮，东城闲步。
○○●　○○◎●　○○⊙▲
事与孤鸿去，探春尽是，伤离意绪。
●●○○▲　●○●●　○○●▲

官柳低金缕，归骑晚，纤纤池塘飞雨。

⊙●○○▲　○●●　○○⊙○○▲

断肠院落，一帘风絮。

◎○●●　◎○⊙▲

一五七　粉 蝶 儿

双调七十二字，前后片各七句四仄韵。

粉蝶儿·仲秋

次韵曹冠[1]《粉蝶儿·绕舍清阴》

一枕清霜，日出东升紫气。
照南山、菊篱芳砌。
月中仙桂子，犹懂人间意。
送香来，千万里敷金碎。

芙蓉三艳，为谁醒为谁醉？
更多情、晚妆临水。
月残星云淡，夜冷寒霜蕊。
露华浓，天晓雾烟含翠。

① 曹冠：生卒年不详，字宗臣，号双溪，东阳（今属浙江）人。北宋词人。

例词　曹冠《粉蝶儿·绕舍清阴》

《钦定词谱》卷一六下

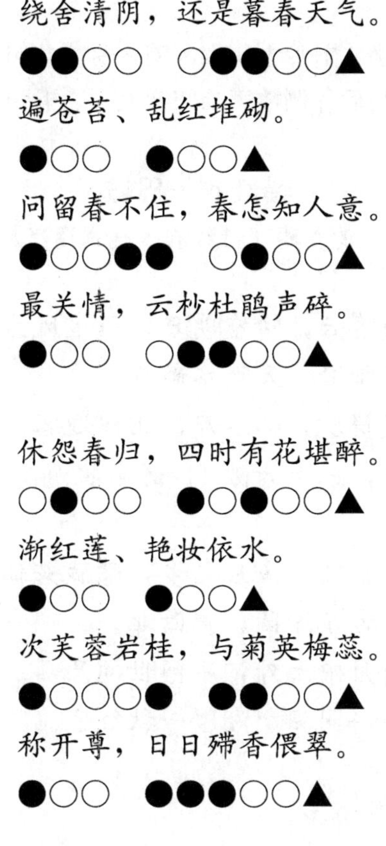

绕舍清阴，还是暮春天气。

●●○○　○●●○○▲

遍苍苔、乱红堆砌。

●○○　●○○▲

问留春不住，春怎知人意。

●○○●●　○●○○▲

最关情，云杪杜鹃声碎。

●○○　○●●○○▲

休怨春归，四时有花堪醉。

○●○○　●○●○○▲

渐红莲、艳妆依水。

●○○　●○○▲

次芙蓉岩桂，与菊英梅蕊。

●○○○●　●●○○▲

称开尊，日日殢香偎翠。

●○○　●●●○○▲

一五八　惜红衣

双调八十八字，前片十句六仄韵，后片九句六仄韵，宜用入声韵。前片结句与后片倒数第二句皆上一、下四句法。

惜红衣·巴城

次韵姜夔《惜红衣·枕簟邀凉》

霁雨清云，晴空朗日，雁追风力。
百里阳澄，天蓝水新碧。
巴城蟹舫，临水岸、招旗迎客。
秋寂，三十六陂①，送丰收消息。

波光稻陌，鱼米之乡，朦胧若仙藉。
驱车古镇泽国，沪西北。
把酒月中天外，不问世间凡历。
正共斟同品，湖蟹一秋红色。

① 陂：泛指湖塘多。

例词　姜夔《惜红衣·枕簟邀凉》

《钦定词谱》卷二一下

枕簟邀凉，琴书换日，睡余无力。
●●○○　○○●▲　●○○▲
细洒冰泉，并刀破甘碧。
◎●○○　○○●○▲
墙头唤酒，谁问讯、城南诗客。
○○●●　⊙◎◎　○⊙○▲
岑寂，高树晚蝉，说西风消息。
○▲　⊙●◎○　◎○○○▲

虹梁水陌，鱼浪吹香，红衣半狼藉。
○○●▲　⊙●○○　○○●○▲
维舟试望故国，渺天北。
○○◎●●▲　●○▲
可惜柳边沙外，不共美人游历。
◎○●○○●　◎●◎○○▲
问甚时同赋，三十六陂秋色？
●◎○○●　○●◎○○▲

一五九　法曲献仙音

双调九十二字，前片八句三仄韵，后片九句五仄韵。

法曲献仙音·芙蓉

次韵王沂孙[①]《法曲献仙音·层绿峨峨》

凝露清寒，降霜吹冷，日朗天高云浅。
木落林疏，叶飘萧瑟，千山百草凋换。
正似美人初醉，芙蓉独开晚。

晓天黯。映朝霞、靓妆芳鉴，
傍水岸、重见玉宫归辇[②]。
翠叶拥红苞，对斜阳、妖色烟远。
月下霜前，忘流连、杯空再满。
恰如西施媚，早菊妒迟梅怨。

① 王沂孙，生卒年不详，字圣与，又字咏道，有碧山、中仙、玉笥山人诸号，会稽（今浙江绍兴）人。南宋词人。② 辇：古代用人拉着走的车子，后多指天子或王室坐的车子。

例词　王沂孙《法曲献仙音·层绿峨峨》

《钦定词谱》卷二二上

层绿峨峨，纤琼皎皎，倒压波痕清浅。
○●○○　●○○●　●●○○○▲
过眼年华，动人幽意，相逢几番春换。
●●○○　●○○●　○○●●○▲
记唤酒、寻芳处，盈盈褪妆晚。
●●●　○○●　○○●○▲

已销黯。况凄凉、近来离思，
●○▲　●○○　●○○●
应忘却、明月夜深归辇。
○●●　○●●○○▲
荏苒一枝春，恨东风、人似天远。
●●●○○　●○○　○●○▲
纵有残花，洒征衣、铅泪都满。
●●○○　●○○　●●●▲
但殷勤折取，自遗一襟幽怨。
●○○○●　●●○○○▲

一六〇 长寿乐

双调一百十三字，前片十二句五仄韵，后片十一句五仄韵。

长寿乐・姚丽华[①]生日

次韵李清照《长寿乐・微寒应候》

霜迎雪候，盼月宫玉兔，人间新秀。
拂晓紫气东来，朝晖初露，移杓垂斗[②]。
正甘棠喜庆，小萼一朵梅枝剖[③]。
有慧芳雅调，容颜佳质。退休时，可谓誉归锦胄[④]。

巾帼，宣纸笔墨，不让须眉印绶。
更是临帖千张，柳颜欧赵，迹真形守。
看家人子侄，兄弟亲友拥前后。
献蛋糕红烛、佳肴美酎[⑤]。借松椿[⑥]，笑比南山祝寿。

① 姚丽华：属兔，生于辛卯年。② 移杓垂斗：杓，北斗七星在北天排列成斗（或杓）形。常被当作指示方向和认识星座的重要标志，也是古人用以定时间和季节的依据。③ “小萼”句：指一朵梅花开放。④ 胄：即头盔，引申为受到保护的帝王或贵族的子孙，这里“誉归锦胄”指衣锦还乡。⑤ 酎：醇酒。⑥ 松椿：松椿比寿，祝寿之辞。

例词　李清照《长寿乐·微寒应候》

《全宋词》

微寒应候，望日边六叶，阶蓂初秀。

○○●▲　●⊙◎⊙●　○○○▲

爱景欲挂扶桑，漏残银箭，杓回摇斗。

●●⊙⊙○○　●●○●　○○○▲

庆高闳此际，掌上一颗明珠剖。

●○○⊙●　⊙●⊙●○○▲

有令容淑质，归逢佳偶。到如今，昼锦满堂贵胄。

●⊙○●●　○○●●　●○○　●●⊙○●▲

荣耀，文步紫禁，一一金章绿绶。

○●　○●●●　●●○○●▲

更值棠棣连阴，虎符熊轼，夹河分守。

●●○●○○　●○○●　●○○▲

况青云咫尺，朝暮重入承明后。

●○○●●　○●○●○○▲

看彩衣争献、兰羞玉酎。祝千龄，借指松椿比寿。

●●○○●　○○●▲　●○○　●●○○●▲

一六一　潇湘神

单调二十七字，五句三平韵、一叠韵。

潇湘神·庆元旦

冬至归，冬至归，雪中枝上报春时。
元旦举杯斟美酒，梅花随我染香词。

潇湘神·元旦欢

元旦欢，元旦欢，手机来电笑开颜。
送出贺词三百句，传回微信八千言。

例词　刘禹锡《潇湘神·斑竹枝》

《钦定词谱》卷一下

斑竹枝，斑竹枝，叠句 泪痕点点寄相思。
○●△　○●△　　●○◎●●○△
楚客欲听瑶瑟怨，潇湘深夜月明时。
●●●○○●●　○○○●●○△

一六二　江城梅花引

又名《忆江梅》。双调八十七字，前片八句五平韵，后片十句三叶韵、三平韵。

江城梅花引·独喧梅

次韵王观《江城梅花引·见寒梅》

众花寒落独喧梅。雪中开，报春来。
小萼珠光、芳信卷帘台。
照影横斜空近远，暗香动，迎风处，欲看谁？

扶醉燃烛初破蕊。笑颦眉，相思里。
几番梦绮。望南岭、粉蝶纷飞。
漫认罗浮、青女素娥衣。
踏遍琼楼归带月，引三弄，玉川迷，夜笛吹。

例词　王观《江城梅花引·见寒梅》

《钦定词谱》卷二一下

年年江上见寒梅。几枝开，暗香来。
⊙○○●●○△　●○△　●○△
疑是月宫，仙子下瑶台。
○●●○　○●●○△

冷艳一枝春在手，故人远，相思切、寄与谁。

●●●○○●● ●○● ⊙○◎ ◎●△

怨极恨极嗅玉蕊。叶韵 念此情，家万里。叶韵

◎●◎●◎●▲ ●◎○ ⊙◎▲

暮霞散绮。叶韵 楚天碧、几片斜飞。

●○◎▲ ◎○● ◎●○△

为我多情，特地点征衣。

●●○○ ◎●●○△

花易飘零人易老，正心碎，那堪闻、塞管吹。

○●○○○●● ◎○● ●○○ ●●△

一六三　黄莺儿

双调九十六字，前片十句四仄韵，后片十句五仄韵。前后片各以一平声字领五言对句。

黄莺儿·除夕夜

灵羊衔穗屠苏暖。
爆竹声声，辞旧迎新，神骏嘶风，御龙回殿。
看点点雪梅欢，对对桃符赞。
福来年到财归，万户同歌，千里同宴。

春晚。转四海情深，举五湖杯浅。
视频联播，说唱弹吹，银屏燕飞莺啭。
听马尾报三更，乙未凌晨诞。
喜见紫气东来，红日朝晖满。

例词　柳永《黄莺儿·园林晴昼谁为主》

《钦定词谱》卷二四上

园林晴昼谁为主？
⊙○○●○○▲
暖律潜催，幽谷暄和，黄鹂翩翩，乍迁芳树。
◎●○○　○●○○　⊙⊙○○　◎⊙○▲

观露湿缕金衣，叶映如簧语。
○●●●○○ ●●○○▲
晓来枝上绵蛮，似把芳心，深意低诉。
●○○●○○ ●●○○ ○●○▲

无据。乍出暖烟来，又趁游蜂去。
○▲ ●●●○○ ●●○○▲
恣狂踪迹，两两相呼，终朝雾吟风舞。
●○○◎ ●●○○ ○○◎⊙○▲
当上苑柳浓时，别馆花深处。
○●●●○○ ●●○○▲
此际海燕偏饶，都把韶光与。
●◎◎●○○ ⊙●○○▲

一六四　燕 山 亭

又名《宴山亭》。双调九十九字，前片十一句五仄韵，后片十句五仄韵。

燕山亭·蒲公英

次韵赵佶[①]《燕山亭·北行见杏花》

飞絮轻扬，绒舞雪飘，万朵随风吹注。
穿柳过杨，拂翠迎红，遥播子孙儿女。
远走天涯，且应对、长空晴雨。
迁苦，为化作春泥，只争朝暮。

听任尘世纷纷，那蜂蝶喧哗，燕莺繁语。
蹁跹[②]一缕，落地生根，花开淡黄香处。
梦境新来，撑小伞、乘风同去。
寻据，千里外、乡思正做。

① 赵佶（1082—1135 年），即宋徽宗，宋朝第八位皇帝。史载其出生时，父亲宋神宗梦见南唐后主李煜前来谒见，后世人也认为，徽宗赵佶身上有太多“千古词帝”李煜的影子。② 蹁跹：形容旋转舞蹈。

例词　赵佶《燕山亭·北行见杏花》

《钦定词谱》卷二七下

裁剪冰绡，轻迭数重，淡着燕脂匀注。
⊙●○○　⊙◎●⊙　◎●○○○▲
新样靓妆，艳溢香融，羞杀蕊珠宫女。
○●●○　●●○○　⊙◎◎○○▲
易得凋零，更多少、无情风雨。
◎●○○　◎⊙●　◎○○▲
愁苦，问院落凄凉，几番春暮？
○▲　●◎◎⊙⊙　●○⊙▲

凭寄离恨重重，这双燕何曾，会人言语？
○◎⊙◎○⊙　●○◎⊙⊙　◎○○▲
天遥地远，万水千山，知他故宫何处？
⊙●◎○　◎◎○⊙　⊙⊙●○○▲
怎不思量？除梦里、有时曾去。
◎●○○　◎●●　⊙○○▲
无据，和梦也、新来不做。
○▲　○●●　○○◎▲

一六五　绕佛阁

双调一百字，前片十一句八仄韵，后片九句六仄韵。

绕佛阁·清明回浔

次韵周邦彦《绕佛阁·旅况》

夕岚渐敛，高架景映，南站车馆。
飞碟平短，顶窗暮色，流光透帘幔。
乘员整满，西去客卧，喧闹尘远。
行速愉婉，水山路影、呼啸晓风岸。

绮梦绕河汉，浪飐轻舟难解线。
宫女素娥、含羞遮粉面。
更一夜归程，心似飞箭。九江重见。
看细雨纷纷，寒食天乱，喜新晴、笑舒眉展。

例词　周邦彦《绕佛阁·旅况》

《钦定词谱》卷二八上

暗尘四敛，楼观回出，高映孤馆。
●○●▲　○●●●　○●○▲
清漏将短，厌闻夜久，签声动书幔。
○●⊙▲　●○●●　○○●○▲

桂花又满，闲步露草，偏爱幽远。
●○●▲　○●●●　○●○▲
花气清婉，望中迤逦、城阴渡河岸。
⊙◎⊙▲　◎○○●　○⊙●○▲

倦客最萧索，醉倚斜阳穿柳线。
●●●○◎　◎●○○○●▲
还似汴堤、虹梁横水面。
○●●⊙　○○○●▲
看绿飏春灯，舟下如箭，此行重见。
●●●○○　○◎○▲　●○○▲
叹故友难逢，羁思空乱，两眉愁、向谁舒展？
●●●○○　○●○▲　●○○　●○○▲

一六六　酒泉子

双调四十一字，前后片各五句，两平韵、两仄韵，两部错叶。

酒泉子·卢橘晚香

次韵温庭筠《酒泉子·罗带惹香》

卢橘晚香，繁实又还如豆。
叶犹新，花忆旧，入诗肠。

退归微志在雕梁，春不问何时节。
奈芬芳，开未歇，惹疏狂。

例词　温庭筠《酒泉子·罗带惹香》

《唐宋词格律》一五〇

罗带惹香，犹系别时红豆。
○●●△　○●●○○▲
泪痕新，金缕旧，断离肠。前平韵
●○○　○●▲　●○△

一双娇燕语雕梁，还是去年时节。换仄韵
●○○●●○△　○●●○○▲
绿杨浓，芳草歇，柳花狂。前平韵
●○○　○●▲　●○△

一六七 定 西 番

双调三十五字，前片四句一仄韵、两平韵，后片四句两仄韵、两平韵。

定西番·贺孙老师双喜临门

教授马年孙府，临震泽，向垂虹，太湖东。

双喜玉羊金股，大盘全票红。
看好利多无数，涨停中。

例词　温庭筠《定西番·汉使昔年离别》
《钦定词谱》卷二下

汉使昔年离别，攀弱柳，折寒梅，上高台。
●●●○○▲　○●●　●○△　●○△

千里玉关春雪，前仄韵 雁来人不来。前平韵
○●●○○▲　　●○○●△
羌笛一声愁绝，前仄韵 月徘徊。前平韵
○●●○○▲　　●○△

一六八　曲 玉 管

双调一百零五字，前片十二句两叶韵、四平韵，后片十句三平韵。

曲玉管·首渡东瀛——读胡老师东渡日本诗句有感

次韵柳永《曲玉管·陇首云飞》

首渡东瀛，初来日本，凭栏望眼乘槎久。
海上风光无限，今古春秋，竞回眸。
大阪东京，京都神户，盛唐帝国千年偶。
近揽扶桑，富士山岛倭洲，水空悠。

六十同仁，建桥好、中华棋界。
五轮黑白方圆，浑然忘了尘愁。
助行游，绕环球南海，荡起丝绸之路。
走廊西去，国富民强，更上层楼。

例词　柳永《曲玉管·陇首云飞》

《唐宋词格律》一四四

陇首云飞，江边日晚，烟波满目凭阑久。叶韵

一望关河萧索，千里清秋，忍凝眸？

●●○○○●　○●○△　●○△

杳杳神京，盈盈仙子，别来锦字终难偶。叶韵

●●○○　○○○●　●○●●○○▲

断雁无凭，冉冉飞下汀洲，思悠悠。

●●○○　●●○●○△　●○△

暗想当初，有多少、幽欢佳会。

●●○○　●○●　○○○●

岂知聚散难期，翻成雨恨云愁。

●○●●○○　○○●●○△

阻追游，悔登山临水，惹起平生心事。

●○△　●○○○●　●●○○○●

一场销黯，永日无言，却下层楼。

●○○●　●●○○　●●○△

一六九　离别难

双调八十七字，前片九句四平韵、四仄韵，后片十句四平韵、六仄韵。

离别难·股市股民——读一股民股市告别书有感

次韵唐薛昭蕴[①]《离别难·宝马晓鞴雕鞍》

瘦马股道征鞍，沉浮解套离难。
伴君千百媚，涨停长线里。
一时盘大跌，踏空寒。
红烛泪，青烟曲，清仓归去倚栏杆。

熊势促，银屏绿，牛市迷。
愁眉撇捺垂低，负利无声咽。黑色星期说。
过周末、日平西。
挥扇立，开盘急。开盘周一那堪凄。

① 薛昭蕴，生卒年不详，依《花间集》序列，当为前蜀人，河中宝鼎（今山西荣河县）人。唐代词人。

例词　薛昭蕴《离别难·宝马晓鞴雕鞍》

《钦定词谱》卷二一上

宝马晓鞴雕鞍，罗帷乍别情难。
●●●●○△　○○●●○△
那堪春景媚，送君千万里。
●○○●▲　●○○●▲
半妆珠翠落，露华寒。前平韵
●○○●●　●○△
红蜡烛，换仄韵 青丝曲，偏能勾引泪阑干。前平韵
○●▲　○○▲　○○○●●○△

良夜促，前仄韵 香尘绿，魂欲迷。换平韵
○●▲　○○▲　○●△
檀眉半敛愁低，未别心先咽。换仄韵 欲语情难说。
○○●●○△　●●○○▲　●●○○▲
出芳草、路东西。前平韵
●○●　●○△
摇袖立，换仄韵 春风急。樱花杨柳雨凄凄。前平韵
○●▲　○○▲　○○○●●○△

一七〇 剑器近

双调九十六字，前片八句八仄韵，后片十二句七仄韵。

剑器近·夏初雨

次韵袁去华[①]《剑器近·夜来雨》

夏初雨，任一夜、惊雷催住。
石榴艳东风处，尽收取。
卷帘户，似听得、妖娆戏语。
幽幽惹人心绪，梦飞去。

番树，伞阴移正午。
红颜醉色，翠浪里，绿绕花香絮。
高山流水寄知音，问烟波几重，此情频对谁许？
五声全数，曲漫筝弦，去却时空困据。
夕阳渐下云霞暮。

① 袁去华，生卒年均不详，字宣卿，江西奉新（一作豫章）人。善为歌词。

例词　袁去华《剑器近·夜来雨》

《钦定词谱》卷二四下

夜来雨，赖倩得、东风吹住。

●○▲　●●●　○○○▲

海棠正妖娆处，且留取。

●○●○○▲　●○▲

悄庭户，试细听、莺啼燕语。

●○▲　●●●　○○●▲

分明共人愁绪，怕春去。

○○●○○▲　●○▲

佳树，翠阴初转午。

○▲　●○○●▲

重帘未卷，乍睡起，寂寞看风絮。

○○●●　●●●　●●○○▲

偷弹清泪寄烟波，见江头故人，为言憔悴如许。

○○○●●○○　●○○●○　●○○●○▲

彩笺无数，去却寒暄，到了浑无定据。

●○○▲　●●○○　●●○○●▲

断肠落日千山暮。

●○●●○○▲

一七一 长亭怨慢

双调九十七字，前后片各九句，五仄韵。

长亭怨慢·看炒股

次韵姜夔《长亭怨慢·渐吹尽》

涨停跌、梯阶花絮。是处人家，忘情开户。
上下徘徊，大盘①重迭、踏空②处？
股民多矣，如蚂蚁、高攀树。
且落袋为安，或盼得、挣些儿许。

寂暮，望中抄底③客，主力本金虚数。
空头④甚也，眼见得、万人轻付。
但说是、尽早清仓⑤，纵红绿、权当无主。
笑断铁并刀⑥，可剪闲愁三缕。

① 大盘② 踏空③ 抄底④ 空头⑤ 清仓皆为股市用语。⑥ 并刀：在宋代“并刀”经常出现于文学作品之中，宋词中有“这次第，算人间没个并刀、剪断心上愁痕”的句子，借并刀锋利尖快，欲斩断心中的愁索。

例词　姜夔《长亭怨慢·渐吹尽》

《钦定词谱》卷二五下

渐吹尽、枝头香絮。是处人家，绿深门户。
●⊙●　⊙○⊙▲　◎●○⊙　●⊙○▲
远浦萦回，暮帆零乱、向何处？
●●○○　◎○○●　●○▲
阅人多矣，谁得似、长亭树？
●○○●　○●●　○○▲
树若有情时，不会得、青青如许。
◎●●○○　◎◎●　⊙○○▲

日暮，望高城不见，只见乱山无数。
◎▲　●○○◎●　◎●◎○○▲
韦郎去也，怎忘得、玉环分付？
⊙○●●　●⊙●　◎○○▲
第一是、早早归来，怕红萼、无人为主。
◎◎◎　◎●○○　●⊙●　⊙○○▲
算空有并刀，难剪离愁千缕。
●◎●○○　⊙●⊙○○▲

一七二　水 仙 子

双调五十一字，前片四句三平韵、一叶韵，后片四句三平韵。去声标“ㄙ”。

水仙子・忆端阳

次韵张养浩[①]《水仙子・咏江南》

一山云雾罩风岚，九派朝霞低映檐。
忆甘棠竞渡波光淡，看龙舟伴两三，

粽飘香几梦幽帘？
赶船人如潮涌，彩旗吹烟水飐。坝北堤南。

① 张养浩（1270—1329年），汉族，字希孟，号云庄，又称齐东野人，济南（今山东济南）人，元代著名政治家、文学家。

例词　张养浩《水仙子・咏江南》

《云庄休居自适小乐府》

一江烟水照晴岚，两岸人家接画檐。
⊙○⊙●●○△　◎●○○○ㄙ△
芰荷丛一片秋光淡，看沙鸥舞再三，
◎○⊙●●○○▲　○○○●ㄙ△

卷香风十里珠帘。
●○○◎●○△
画船儿天边至，酒旗儿风外飐，爱杀江南。
●○○○○厶　◎○○⊙●△　◎●○△

又一体　双调四十二字，前后片各四句，三平韵、一叶韵。

例词　张可久《水仙子·天边白雁写寒云》
《钦定词谱》卷四下

天边白雁写寒云，镜里青鸾瘦玉人，
⊙○◎●●○△　◎●○○●●△
秋风昨夜愁成阵，叶韵 思君不见君。
⊙○◎●○○▲　⊙○◎●△

缓歌独自开尊，灯挑尽，叶韵 酒半醺，如此黄昏。
◎○◎●○△　○○▲　●●△　⊙●○△

一七三　忆余杭

双调四十九字，前片四句两平韵，后片四句两仄韵、两平韵。

忆余杭·长兴游

次韵潘阆[①]《忆余杭·长忆孤山》

元第清风[②]，三省相交苏浙皖。
长兴早上片云开，晨雾驾车来。

竹林苍翠萦亭阁，绿水叮咚山涧铎。
晚空浓淡绛霞衣，鵷鹭[③]破烟飞。

① 潘阆（？—1009年），宋初著名隐士、文人。② 元第清风：浙江湖州长兴县农家乐。③ 鵷鹭：鵷，古书上指凤凰一类的鸟，和鹭飞行有序。

例词　潘阆《忆余杭·长忆孤山》

《唐宋词格律》一三七

长忆孤山，山在湖心如黛簇。

僧房四面向湖开，轻棹去还来。
⊙○◎●●○△　◎●●○△

芰荷香细连云阁，阁上清声檐下铎。
●○○●○○▲　●●○○○●▲
别来尘土污人衣，换平韵 空役梦魂飞。
●○⊙●●○△　　　◎●●○△

一七四　甘草子

双调四十七字，前片五句三仄韵，后片四句四仄韵。

甘草子·春暮

次韵柳永《甘草子·秋暮》

春暮，柳外风前，乱洒当窗雨。
雨过浸残花，流落归南浦。

蜂怨蝶愁无春侣，倚阑处、乱红思绪。
一醉芳杯倒鹦鹉[1]，步柳仙词语。

① 鹦鹉：此处指一种酒杯，用鹦鹉螺制成。

例词　柳永《甘草子·秋暮》

《钦定词谱》卷六下

秋暮，乱洒衰荷，颗颗真珠雨。
○▲　●●○○　●●○○▲
雨过月华生，冷彻鸳鸯浦。
●●●○○　◎●○○▲

池上凭阑愁无侣，奈此个、单栖情绪。
○●●○○○▲　●◎●　⊙○○▲
却傍金笼教鹦鹉，念粉郎言语。
◎●○○◎⊙▲　●●○○▲

一七五　荷叶杯

双调五十字，前后片各五句两仄韵、三平韵。

荷叶杯·乙未中秋

十五碧空如水，千里，银汉更如流。
望中烟月满琼楼，仙阙恍神游。

化作彩云飞去，高处，歌舞玉华亭。
管弦三弄佩环声，香梦晓天明。

例词　韦庄《荷叶杯·记得那年花下》
《钦定词谱》卷一上

记得那年花下，深夜，初识谢娘时。
●●◎○○▲　○▲　○●●○△
水堂西面画帘垂，携手暗相期。
◎○○●●○△　⊙●●○△

惆怅晓莺残月，换仄韵 相别，彼此隔音尘。换平韵
⊙●●○○▲　○▲　⊙●●○△
如今俱是异乡人，相见更无因。
⊙○○●●○△　○●●○△

一七六 上行杯

双调五十字，前后片各四句，二仄韵、二平韵。

上行杯·乙未中秋

碧空玉兔无亏蚀，琼阙银蟾圆至极。
天桂飘香，万象森罗出殿墙。

嫦娥今夕怜才意，千丈素光帘卷地。
对影杯中，笑许诗人到月宫。

例词　冯延巳《上行杯·落梅着雨消残粉》
《阳春集》

落梅着雨消残粉，云重烟轻寒食近。
⊙○◎●○○▲　○●◎○○●▲
罗幕遮香，柳外秋千出画墙。
⊙●○△　●●○○●●△

春山颠倒钗横凤，换仄韵 飞絮入檐春睡重。
⊙○◎●○○▲　　○●◎○○●▲

梦里佳期，换平韵 只许庭花与月知。

⊙●○△　　●●○○●●△

又一体　单调三十八字，九句两平韵、五仄韵。

例词　孙光宪《上行杯·草草离亭鞍马》

《钦定词谱》卷三上

草草离亭鞍马，从远道、此地分襟。

●●○○○●　○●●　●●○△

燕宋秦吴千万里，无辞一醉。

○●○○○●▲　○○●▲

野棠开，江草湿，换仄韵 伫立，沾泣，征骑骎骎。前平韵

●○○　○●▲　　●▲　○▲　○●○△

一七七　折丹桂

双调五十字，前后片各四句三仄韵。

折丹桂·秋空碧

次韵宋王之道[①]《折丹桂·风漪欲皱春江碧》

风停雨霁秋空碧，红叶西山北。
望中塞雁渡云端，挡不住、南飞翼。

东篱千里传消息，知是归乡客。
行行点点写成诗，一句句、垂天墨。

① 王之道（1093—1169 年），字彦猷，庐州濡须人。宋代词人。

例词　王之道《折丹桂·风漪欲皱春江碧》

《钦定词谱》卷八下

风漪欲皱春江碧，我寄江城北。
○○●●○○▲　●●○○▲
子今东去赴春官，挽不住、抟风翼。
◎○⊙●●○○　●●●　○○▲

修程好近天池息，何处堪留客。

⊙○◎●○○▲　⊙●○○▲

预知仙籍桂香浮，语祝史、休占墨。

◎○○●●○○　●●●　○○▲

一七八　一 落 索

双调四十六字，前后片各四句三仄韵。

一落索·深圳回上海

次韵毛滂《一落索·月下风前花畔》
于深圳至上海 MU5344 航班上

直上蓝天空畔，白云深浅。
返航回沪准时飞，南澳去、坪山远。

情系乐安[①]三晚，旅时嫌短。
卷帘翼外望窗前，万山过、千程眼。

① 乐安：指深圳坪山乐安居酒店。

一落索·回程——台湾游（五）

次韵毛滂《一落索·月下风前花畔》
于台北桃源至上海浦东机场 CA196 航班上

万米晴空云畔，旅情匪浅。
意犹未尽北南飞，重山过、峡湾远。

千里浦东天晚，烟长霞短。
倚窗机外日黄昏，着陆下、暮遮眼。

一落索·新疆游（十二）

次韵毛滂《一落索·月下风前花畔》
于乌鲁木齐地窝堡机场至上海浦东机场MU5700航班上

万米航班空畔，天高云浅。
乌鲁木齐返程飞，重山过、新疆远。

千里浦东灯晚，途长旅短。
倚窗暮下看机场，夜上海、情遮眼。

例词　毛滂《一落索·月下花前风畔》

《钦定词谱》卷五上

月下花前风畔，此情不浅。
◎◎⊙⊙⊙▲　◎○◎▲
欲留风月守花枝，却不道、而今远。
●○⊙●●○○　◎◎●　○○▲

墙外鹭飞沙晚，烟斜雨短。
⊙●●○⊙▲　⊙○◎▲
青山只管一重重，向东下、遮人眼。
⊙○◎●●○○　◎⊙●　○○▲

一七九　庆清朝慢

又名《庆清朝》。双调九十七字，前后片各十句四平韵。

庆清朝慢·除夕夜

次韵王观《庆清朝慢·调雨为酥》

爆竹环城[①]，屠苏酒暖，新桃辞旧年还。
前村雪梅枝上，笑点清寒。
六福金猴贺岁，群羊如意驾青鸾。
欢声动，九州大地，春满人间。

游五国、飞两岸，北欧与台海，兴致千般。
银屏莺歌燕舞，央视联看。
紫气三更报晓，东方寅卯色斓斑。
迎元旦，一轮红日，万里河山。

① 爆竹环城：2016 年起上海春节期间外环以内禁放烟花爆竹。

例词　王观《庆清朝慢·调雨为酥》

《钦定词谱》卷二五下

调雨为酥，催冰做水，东君分付春还。
○●○○　○○●●　○○○●○△
何人便将轻暖，点破残寒。
○○●○○●　●●○△
结伴踏青去好，平头鞋子小双鸾。
●●●○●●　○○○●●○△
烟郊外，望中秀色，如有无间。
○○●　●○●●　○●○△

晴则个、阴则个，饾饤得天气，有许多般。
○●●　○●●　●○●○●　●●○△
须教镂花拨柳，争要先看。
○○○○●●　○●○△
不道吴绫绣袜，香泥斜沁几行斑。
●●○○●●　○○○●●○△
东风巧，尽收翠绿，吹上眉山。
○○●　●○●●　○●○△

一八〇　满宫花

双调五十一字，前片五句三仄韵，后片四句三仄韵。

满宫花·端午思

次韵张泌[1]《满宫花·花正芳》

石榴花，红艳绮，似火欲燃风里。
杏黄麦熟粽飘香，艾叶满街芳翠。

香草美人初沐腻，天问九歌兴起。
孤身独醒咏离骚，举世众人皆醉。

① 张泌，生卒年不详，《全唐诗》作曰字子澄，安徽淮南人。五代后蜀词人。是花间派的代表人物之一。

例词　张泌《满宫花·花正芳》

《钦定词谱》卷八上

花正芳，楼似绮，寂寞上阳宫里。
○●○　○●▲　●●●○○▲
钿笼金锁睡鸳鸯，帘冷露华珠翠。
●○○●●○○　○●●○○▲

娇艳轻盈香雪腻，细雨黄莺双起。

○◎○⊙○◎▲　●●○○○▲

东风惆怅欲清明，公子桥边沉醉。

○○○●●○○　○●○○○▲

一八一 踏莎美人

乃清人顾贞观的新翻曲，上三句《踏莎行》，下二句《虞美人》，后片同。六十二字，上片二仄韵、下片二平韵。上、下片四言起句，例用对偶。依纳兰性德《饮水词》中《踏莎美人·清明》一首对校订谱。

踏莎美人·杭州游

记参观杭州 G20 国际博览中心

交大机关，人文学院，沪杭高速西湖畔。
两堤三岛一孤山，十景五湖烟雨、断桥边①。

玉宇苍穹，星光天眼，飞檐斗拱乾坤满。
顶层西子御花园，二十国杭州会、梦相连。

①“两堤”两句：指杭州西湖三面环山，景区由一山（孤山），两堤（苏提、白堤），三岛（阮公墩、湖心亭、小瀛洲），五湖（外西湖、北里湖、西里湖、岳湖和南湖），十景（曲苑风荷、平湖秋月、断桥残雪、柳浪闻莺、雷峰夕照、南屏晚钟、三潭印月、花港观鱼、苏堤春晓、双峰插云）构成。

例词　顾贞观《踏莎美人·渺渺风帆》

渺渺风帆，凄凄烟树，望中便是侬行处。
◎●○○　⊙○◎▲　⊙○◎●○○▲
羁魂别后若相招，换平韵 分付采菱歌畔、木兰桡。
⊙○◎●●○△　　　⊙●◎○⊙●　●○△

翠被浓香，青帘细雨，依然坐对篷窗语。
◎●○○　⊙○◎▲　⊙○◎●○○▲
双鱼好托夜来潮，换平韵 此信拆看应傍、画眉桥。
●○○●●○△　　　◎●⊙○⊙●　●○△

一八二　锦帐春

双调六十字，前片七句四仄韵，后片七句五仄韵调见《稼轩集》，因词有“春色难留”及“重帘不卷，翠屏天远”句，故名。

锦帐春·游鼓浪屿

次韵辛弃疾《锦帐春·席上和叔高韵》

银汉泓涛，鹭江清浅。辨旧貌、新颜其间。
渡蓬莱，游鹭岛。看翠红成片，景观楼院。

异草奇花，蝶忙蜂懒。问今古、洞天广见。
菽庄[1]忙，潮涨乱，恰石沉浪卷，少时年远。

① 菽庄：指厦门鼓浪屿菽庄花园。

例词　辛弃疾《锦帐春·席上和叔高韵》

《钦定词谱》卷一三下

春色难留，酒杯常浅。更旧恨、新愁相间。
⊙●○○　◎○⊙▲　●◎●　○○⊙▲
五更风，千里梦，看飞红几片，这般庭院。
●○○　○●●　●⊙○◎▲　◎○○▲

几许风流，几般娇懒。问相见、何如不见。
●●○○ ●○○▲ ●⊙● ⊙○◎▲
燕飞忙，莺语乱，恨重帘不卷，翠屏天远。
●○○ ○●▲ ●⊙○◎▲ ◎○⊙▲

一八三 章台柳

韩翃制，以首句为调名。单调二十七字，五句三仄韵、一叠韵。

章台柳·寒食

次韵韩翃[①]《章台柳·寄柳氏》

思乡柳，乡思柳，酒醉浔阳今醒否？
再见阳光海岸[②]时，九九登高再携手。

① 韩翃，生卒年不详，字君平，南阳（今河南南阳）人。唐代诗人。② 阳光海岸：指九江阳光海岸大酒店。

例词　韩翃《章台柳·寄柳氏》

《钦定词谱》卷一下

章台柳，章台柳，叠句 昔日青青今在否。
○⊙▲　○○▲　　●●○○⊙◎▲
纵使长条似旧垂，也应攀折他人手。
●●○○●●○　●⊙○◎⊙○▲

又一体　单调二十七字，五句三仄韵。

例词　唐妓柳氏《章台柳·杨柳枝》

《钦定词谱》卷一下

杨柳枝，芳菲节，可恨年年赠离别。

一叶随风忽报秋，纵使君来岂可折。

后　记

中国的旧体诗词无不体现中国人“天人合一”的哲学思想，更由于其题材广泛、技巧多样、意境深远、语句凝练、格调高雅和韵律严格而深受人们的喜爱。有人说，中国是一个以诗歌为宗教的国家，可见中国古典诗词的魅力所在。从《诗经》到《楚辞》，从两汉乐府诗歌到五言诗，再到唐诗宋词，几千年来，这些诗词已深深地渗透到我们每个中国人的血液中。中国人，哪怕是你我这样的普通人，遇到喜怒爱乐之事都会不由自主地用诗词来抒发一下自己的情怀，这是再平常不过的现象，无一不是你我血脉中诗词的基因使然。

长期以来，我在工作之余、出差或旅游途中，都会细细地品味随身携带的有关古典诗词、词谱和诗词格律方面的书籍，读着那些古代词人与大自然融为一体的让人心旷神怡又浮想联翩的诗词，有时不禁让人产生了时空错觉，似乎是在与古人对话，聆听他们的心声，感受中国古代的灿烂文化，使人欲罢不能、如痴如醉。透过这些优美古朴的词韵音律，我们能找到日常生活中失落的典雅和宁静。

我在欣赏和学习古典诗词的同时，利用业余时间开始对古典诗词进行了较深入的研究，依靠互联网资源和移动通信技术开展诗词的创作与交流活动。经过 10 余年的努力，创作出 600 多首诗词，在最近半年的时间里，我对其中的词作部分进行修改和整理，终于完成了这本词集的定稿工作。它可能不十分完美，但年逾七旬的我还能出版跨学科的著作，让我感到很欣慰。因为在这一创作过程中我很好地证明了自己除了热爱自然科学外，还十分钟爱中国的古典诗词文学。对于一名理工科高校老师来说，完成教学和科研任务，是我们日常生活的一部分，将教学中的心得体会和从实验研究中得到的数据结果，写成论文并发表在专业期刊上也是我们的日常工作，至于拿奖和出书也不算新鲜事。但这本词集的出版，还是让我得到了久违的兴奋，也让我少了一点对人生的遗憾，多了一份对文学诗词创作的满足感。

这本词集中选用了 100 多位历代杰出大家的作品作为例词，这些例词是千古流芳的经典之作，是中国古代最美的诗歌文学，其语言丰富而又精炼，它们有的严守音律、婉转含蓄、蕴藉雅正、情思真切、美到极处；有的畅所欲言、直抒胸臆、豪迈奔放、意境雄奇、摄人心魄。这两种风格不同的词都给人一种积极向上的力量，以一种艺术的眼光来看待人生。正是这些历代先贤们为我们缔造了中国最美的诗词文学殿堂。

这本词集在创作时，对古今名人的著述皆有所参考和引用，吸收了许多名家的研究成果；在创作和出版的过程中得到了各方面人士的支持与帮助，首先要感谢吴元浩先生，是他给了我无私的帮助和指导，使这本词集得以顺利出版。

同时要感谢上海大学出版社给了我这一难得的出版机会，更让我感动的是，副总编辑邹西礼先生和责任编辑徐雁华女士在这本词集出版过程中给予我专业上的帮助和支持。

还要感谢本书插页设计者饶国安先生和序言撰写人石柏青先生的友情奉献。

更要感谢的是我的家人、我的同学和我教过的学生以及与我一起工作过的同事们朋友们，正是他们给了我多年的诗词创作灵感、写作环境和追求梦想的机会。

最后要感谢的是这本书的读者，也许正是因为您的选择，我们就结下了缘分，当你们认真地阅读这本词集的时候，我们就成了朋友。

黄　河

2018 年 5 月